바꿀 수 없는 건
너무 많고

바꿀 수 없는 건
너무 많고

이상은

알비

Prologue

언젠가 내가 기억을 왜 쓰고 싶어 하는지 생각해본 적이 있었는데 대답은 '모든 걸 제자리로 돌리고 싶다'였다. 늘 과거에 얽매여서 과거에서 벗어나지 못하는 인간이라고 구질구질하게 바라볼 수 있겠지만, 과거에서 어떻게 벗어날 수 있는 건지 잘 모르겠다. 배울 곳도 없었고 알려준 사람도 없었다. 그래서 혼자 글을 쓰기 시작했다. 과거에서 벗어날 수 없는 거라면 다시 천천히 그 과거를 바라보기로 했다.

물론, 이건 내가 자처한 고통이니 모든 사람이 이렇게 살 필요는 없다. 내가 바라는 건 그저 내 글을 읽고 사람들이 이해하지 못했던 과거를 다시 바라보며, 잃어버렸던 모습을 다시 찾았으면 좋겠다. 가끔은 꼭 기억해야만 하는 사사로운 감정들이 존재하기 때문이다.

수록된 글들은 아무 의미도 없이 흘러가는 것 같은 삶의 시간 속에서 무언가를 붙잡고 싶었던 마음으로 시작되었다.

소설로 쓰인 이야기들은 감정에 따른 허구이니 읽으면서 누군가가 생각이 나거나 어떤 상황이 생각이 난다면 순전히 우연에 불과하다는 것을 미리 알린다. 글에서 어떤 것도 찾지 않으며 읽기를 바란다.

이상은

Contents

셋, 사실은 아무 일도 일어나지 않는다

넷, 영희와 앵무새

하나,

:

1월 남자
4월 남자

1월 남자, 4월 남자

1월 남자는 세 번 보고 만남을 결정했고, 내가 먼저 만나보자고 했지만 그만 만나자고 한 것도 나였다. 4월 남자랑은 두 번째 보는 날에 남자가 만남을 이야기했고, 헤어짐도 남자가 이야기했다. 1월 남자랑은 거리가 가까웠고 4월 남자랑은 장거리 연애였다. 그렇지만 만난 기간, 만난 횟수는 비슷했다. 1월 남자랑은 문자를 자주 했고, 4월 남자랑은 통화를 자주 했다. 1월 남자랑은 술을 마셔도 별로 취하지 않았고, 4월 남자랑은 처음 만난 날부터 자주 취했다. 1월 남자는 날 어려워했고, 4월 남자는 날 질려 했다.

1월 남자는 팝을 좋아했고 4월 남자는 한국음악을 좋아했다. 1월 남자는 막걸리를 좋아했고 4월 남자는 소맥을 좋아했다. 1월 남자한텐 미안한 말이지만 난 한국음악을 좋아하고 막걸리를 싫어한다. 1월 남자는 면허가 없었고 4월 남자는 운전을 좋아했다. 1월 남자는 머리를 주기적으로 밀었고 4월 남자는 머리를 기르고 있었다. 1월 남자는 타투가 있었고 4월 남자는 타투를 하고 싶어 했다. 1월 남자는 키가 작았고 4월 남자는 키가 아주 컸다. 1월 남자는 주황색을 좋아했고 4월 남자는 파란색을 좋아했다.

1월 남자는 비흡연자였고 4월 남자랑은 어깨동무하고 함께 흡연했다. 1월 남자랑은 팔짱을 많이 꼈고 4월 남자랑은 손을 많이 잡았다. 1월 남자랑은 키스를 자주 했고 4월 남자랑은 뽀뽀를 자주 했다. 1월 남자는 내 친구들한테 많이 보여줬고 4월 남자는 내가 남자의 친구들을 많이 봤다. 1월 남자는 여자인 친구들이 많았고 4월 남자는 남자인 친구들이 많았다.

1월 남자는 음악 듣는 걸 좋아했고 4월 남자는 당구 치는 걸 좋아했다. 1월 남자는 나보다 나이가 많았고 4월 남자는 나보다 어렸다. 1월 남자의 생일은 모르지만, 4월 남자는 7월생이었다. 1월 남자랑 이별할 땐 각자의 집이었고 4월 남자랑은 성수동에서 이별했다. 1월 남자에겐 보고 싶다는 말을 자주 했고 4월 남자에게는 가끔 사랑한다고 했다. 이별 후에 1월 남자에겐 한 번 연락이 왔었고, 4월 남자에겐 세 번 연락이 왔다. 1월 남자의 연락은 답장하지 않았고 4월 남자에겐 답장을 했다. 그래서 4월 남자랑은 헤어지고 술을 한 번 마셨다.

많은 게 달랐지만 그래도 같은 게 있었다면 1월 남자랑도 4월 남자랑도 그렇게 빨리 이별할 줄은 몰랐고, 1월 남자도 4월 남자도 더는 보지 않아도 괜찮다. 두 남자와 약속만 하고 못 한 게 많지만, 그들과 이별하고 나서도 내 일이 꽤 바빴다. 두 만남은 비슷하면서도 매우 달랐다. 시기적으로 가까웠지만, 계절도 달랐고.

문득 생각이 나서, 많은 일이 있었던 이번 해를 뒤돌아보며 나 자신을 격려하고 싶었다. 이상하게도 한 해, 한 해 지날수록 사랑은 없다는 생각이 굳어져 간다. 같이 있을 수 있는 그 행복함을 갈망하기보다 더는 초라함을 느끼고 싶지 않다. 분명 내년은 또 올 텐데 사랑이 또 올지는 모르겠다. 여차여차 올해도, 올해의 나의 사랑도 모두 끝이 났다.

나도 너처럼 사랑하고 싶다

나도 너처럼 여유 될 때 사랑하고 싶다. 너처럼 술 먹고 꼴릴 때만 연락하고 싶다. 나도 너처럼 할 거 다 하고 남는 시간에 사랑하고 싶다. 너처럼 사랑한단 말 딱히 안 하고 사랑하고 싶고, 보고 싶단 말도 아껴가면서 사랑하고 싶다. 상대방이 사랑한다고 할 때만 대답으로 사랑한다고 말하고 싶고, 나도 너처럼 일할 때는 사랑 안 하고 싶다. 나도 너처럼 핸드폰 안 보고 안 기다리면서 사랑하고 싶다. 다시 만나고 싶을 때도 다시 만나자는 말 안 하고 상대방이 할 때까지 기다리거나 그러지 않으면 그러거나 말거나 하면서 사랑하고 싶고, 졸릴 땐 자고 밥 먹을 땐 밥 다 먹으면서 사랑하고 싶다.

왜 나는 미련하게 술을 마셔도 마시지 않아도 너를 보고 싶어 하고, 왜 일할 때도 네 생각이 나서 핸드폰 만질 수 있는 시간만 기다리면서 사랑하고, 사랑한다고 보고 싶다는 말도 왜 참지 못하고 터져 나와 버리며, 내 시간이며 내 할 일이며 다 뒤로하고 너랑 보내는 시간에 집중하려고 하는지를 모르겠다. 네가 하는 사랑이, 사랑이 아닌 걸 알면서도 왜 속아보려고 하는지도 모르겠고, 모진 말 했던 너랑 왜 다시 잘해보는 상상을 했는지도 모르겠다.

하지만 다 지나간 일이고 끝난 일이다. 다행히 난 너한테 꺼지라고 했고 넌 속상해했다. 뭐가 그렇게 속상했냐고 따져 묻고 싶지만, 그래도 그냥 '속상했나 보지' 하고 만다 나는. 며칠 동안 여러 생각이 들었지만 너의 그 싸가지 없는 사랑 방식을 떠올리면서 마음을 다잡았다. 네 할 거 다 하고 남는 시간에 사랑하는 그런 싸가지 없는 사랑이 어딨니 세상에. 물론 내가 사랑을 느꼈던 순간도 있었다. 언젠가 넌 네가 죽으면 나한테 어떻게 할 거냐고 물었고 나는 따라 죽을 거라고 대답했었다. 하지만 넌 내가 널 필요로 하는 순간에 내 옆에 없었고, 그게 전부였다. 그게, 네가 날 대하는 마음을 다 표현한 것이었다.

네가 날 사랑했다고? 보여줘 봐. 네 사랑을 설명해봐.

고상한 취향

검정치마, E SENS, Nirvana, Cigarette after sex, Nothing But Thieves, 방백, 맥 드마르코, 이소라, 김사월, David Bowie, 오존, 장기하와 얼굴들, 혁오, 김일두, 유재하, 산울림, 김광석, 카더가든, 빛과 소금, King Krule의 노래들과 이창동, 쿠엔틴 타란티노, 라스 폰 트리에, 짐 자무시, 왕가위, 레오 카락스, 스탠리 큐브릭, 장률, 자비에 돌란, 홍상수의 영화들과 무라카미 하루키, 한강, 헤르만 헤세, 기형도, 양귀자, 알베르 카뮈, 다자이 오사무, 알랭 드 보통의 글들. 합정의 무대륙, 앤트러사이트, 콜마인. 경복궁의 mk2, 종로의 식물, 을지로의 잔, 상수의 이리까페, 제비다방, 지금은 사라진 한강진의 웨이즈오브씽, 플리플리까지.

열거한 것들은 내가 사랑하는, 나의 취향 어린 것들이다. 정확하게는 타인에게 이야기할 때 약간의 프라이드(Pride)가 담긴 채로 말하는 취향들. 이걸 왜 썼냐면, 하나 고백할 게 있어서다. 고백한다. 나는 저 멋진 것들이, 웃기지만 내 자신인 줄 알았다. 무언가를 너무 사랑하다 보면 자신과 동일시하는 착각을 할 수도 있다는 데, 아마 내가 그랬던 걸까? 그 취향들의 존재를 알고 있으며 그 취향을 가지고 있는 내가 멋지다고 생각했고, 나 자신을 자랑스럽게 여겼다. 간단하게 말하면 가끔 명품 들었다고 자기가 명품인 줄 아는 사람들 있지 않은가. 내가 그랬다. 아마 내가 특별한 사람인 줄 알았던 것 같다. 아니면 그렇지 않다는 걸 더 잘 알았거나. 그래서 모르는 척하고 싶어 '난 남들과 같지 않아!'를 표상할 수 있는 것들을 끊임없이 찾으려고 노력하다 보니 이렇게 된 것일 수도 있다.

취향이 같은 사람을 만나면 운명처럼 느꼈다. 취향의 교집합에서 오는 친밀감이 분명히 존재한다지만 난 좀 오버스러웠다. 아무튼, 저 취향들을 안다면 진짜인 사람이라고 생각했다. 그러니까 다른 말로, 알고 있는 나 자신도 무척 사랑했다. 나도 진짜인 사람이라고 자부했다.

하지만 자부심이 무슨 소용일까? 그것들을 좋아한다는 사실로 내가 품위 있는 사람이라고 생각했지만, 사실 진짜로 품위 있는 건 그걸 만든 사람들이지 내가 아니었다. 사실상 내가 아닌 누군가도 돈을 지불한다면 충분히 향유할 수 있는 취향들인데. 무언가 내 안에서 터져 나오는 생각과 감정들을 기성품에 기대어 나 자신이라고 표현하는 게 나는 썩 완전하다고 느껴지지 않았다. 불충분하다고 생각했다. 내 감정은 내가 발화해야 한다는 생각이 들었다. 기성품들에는 확인과 위로를 받으며 지탱할 힘을 얻어야 하는 것이었다. 그것들은 내가 아니었고, 나는 내가 구원해야 했다.

좋은 콘텐츠들을 접하지 않겠다는 것이 아니라 그런 것들을 취하면서 괜찮은 사람인 척하는 데 지쳤다. 내가 괜찮은 사람이 되어서 내가 보고 듣는 게 괜찮게 느껴지게끔 할 필요가 있지 않을까. 내가 레퍼런스(reference)가 되었으면 한다. 나 까짓 게 이루지 못할 꿈을 생각하고 있다고 느껴도 고칠 수 없다. 왜냐면 진심이니까. 얼마나 많은 사람이, 어느 정도로 공감할지는 모르겠지만 확실한 것 하나는 그 누구도 모를 마음은 아닐 것 같다. 마지막으로 이 글도 내가 레퍼런스(reference)가 되고 싶은 마음에서 썼다.

유통기한이 없어서

글을 쓰지 않았다면 맨날 옷 존나 사서 이쁜 척 존나 하며 사진 찍어서 올리고, 인디 영화나 책 읽으면서 고고한 내 테이스트를 자랑하면서 살았을 거다. 혼자서는 절대 못 지내는 성격이라며 연애에 미쳐서 애인 항상 끼고 살았을 거고, 그렇게 끼고 살던 애인과 헤어지면 시간을 어떻게 보내야 할지 몰라 어리바리하면서 친구들한테 칭얼거렸을 거다.

기록하는 생활이 다행이라고 생각한 지점은, 삶을 좀 더 진정성 있는 방향으로 흘러가도록 노력한다는 것과 관계가 망하고 상황이 흩어졌을 때 다시 돌아갈 곳이 있다는 것에 있었다.

예쁜 옷을 사지 않아도, 날 사랑해주는 남자친구가 있지 않아도, 다양한 형식의 기록으로 나의 존재를 증명하고 확인받는다. 어쩌면 나를 포함한 모든 존재는 자신의 존재를 증명하고 확인받기 위해서 저마다의 방법을 찾아 노력하면서 사는 게 아닐까? 그게 옷인 사람이 있고 애인인 사람이 있는데, 나에겐 기록이라는 것이 그렇다. 그렇다면 옷이나 애인이 아니라 굳이 '글'이라서 다행인 이유는 뭘까? 아마 그건 '유통기한이 없어서'일 것이다. 옷도 해가 지나면 해져버리고, 사랑도 시간이 지날수록 처음과 같은 확신은 희미해지는데 글은 그렇지 않다. 끊임

없이 사유하고 그것들을 표상하기 위해 많은 것들을 새롭게 보고 인정하는 그 모든 기록의 과정은 언제나 무한하다.

전부가 될 수 없는 하나
One can't be ALL

타투이스트 친구에게 오른쪽 옆구리에 타투를 받았다. SNS에서 아이디로 사용 중인 'it was reality'를 빨간색으로 새겼다. 타투라고 하면 후회하지 않을 것, 영원히 사랑할 것을 해야 한다는 생각이 있겠지만 사실 그 어느 쪽도 아니었다. 그저 내 아이디고, 타투이스트 친구에 대한 응원이기도 했으며, 그냥 타투가 하고 싶기도 했다.

아이디를 몇 번 바꿨다. 기억이 나는 아이디부터 이야기해도 다섯 개가 넘는다. figfromfrance: 검정치마 노래, riverinwood: 산책에 빠졌던 때, sleeptight: E SENS 노래, attitudesbecomeform: 하랄드 제만의 〈태도가 형식이 될 때〉, itwasreality: attitudesbecomeform 보다 짧은 아이디로 살고 싶어서

이전에는 a half trace라는 아이디를 사용했다. 왜 아이디를 바꿨을까? 아이디가 나에게 해코지를 한 것도 아니고 아이디 때문에 괴로운 일이 일어난 것도 아닌데 왜 티브이 채널 돌리듯 바꿨을까?

내 아이디는 검정치마 노래와 E SENS 노래였다. 그런데 이따금 좋아하는 뮤지션에 맥 드마르코를 이야기한다. 하지만 뱃사공 노래도 좋아하고 산울림 노래도 좋아한다. 또 나는 〈SKY 캐슬〉도 재밌고, 〈쇼미더머니〉도 재밌

고, 레오 카락스 영화도 재미있다. 그러다 영화감독 누구 좋아하냐는 질문을 들으면 '쿠엔틴 타란티노요'라고 대답하는 날도 있다가, 어떤 날엔 '이창동이요'라고 대답한다. 어떠한 상황에서도 먼저 말한 쿠엔틴 타란티노라고 말했어야 했던 걸까? 단 하나의 대답을 정했어야 했을까?

하지만 진심으로 검정치마와 뱃사공을, 쇼미더머니와 레오 카락스 영화를 같은 크기로 사랑한다. 이 중 가장 사랑하는 걸 정해서 나를 정의하거나 표현할 수 있다는 게 가능한 일일까? 가능하게 연출할 수는 있지만 오히려 고집에 가까워질 수 있을 것 같다. 선별적으로 선택된 모습만 보여주는 건 오히려 콘셉트질, 즉 특정 콘셉트에 역할놀이처럼 심취하는 행위가 될 수 있다는 이야기다.

삶과 마음엔 다면성이 존재한다. 신념이 고집으로 바뀌게 되면 그 어떤 가능성도 배제되어버리고, 아마 전보다 더 괴롭고 불편하고 부자연스러운 삶을 살게 될 것이다. 영화 〈헤드윅〉에 이런 대사가 있다. 'Deny me and be doomed' 자신을 부정하면 파멸하리라. 자신이 선택한 부분이 자신의 전부가 될 수 없고, 자신이 선택하지 않은 부분이 자신 안에서 소멸할 수는 없다. 자신이 사랑하는 것 중에 제일 사랑하는 것이 자신이기보다 자신이 사랑하는 모든 것들이 자신이다. 다시 말해 타투까지 했지만, 'it was reality'만이 나인 것은 아니다. 나를 거쳤던 모든 아이디가 나였다.

가장 사랑했던 걸 생각해보다가 사랑했던 모든 것들이 생각났다. 내가 사랑했던 모든 것들을 생각해보니 나를 좀 더 알 것도 같다.

사랑했지만 잃어버린 것들

파란 장우산

얼마 전 을지로 만선 호프에서 우산을 잃어버렸다. 파란색 장우산. 몇 년 동안 썼던 우산이었는데 날씨 때문에 자리를 여러 번 옮기다가 너무도 자연스럽게, 아주 순식간에 잃어버렸다. 우산을 잃어버리는 게 무슨 대수일까 싶지만, 그 잃어버리는 일이 지겨웠다. 다시는 내 인생에서 그런 일이 없었으면 했다. 그래서 일부러 눈에 쉽게 띌만한 파란색, 크기도 큰 장우산으로 샀던 건데, 잃어버렸다. 비가 조금만 오는 날엔 갖고 다니기가 걸리적거리는 크기였지만 그래도 열심히 들고 다녔었는데, 이렇게 쉽게 잃어버렸다.

잃어버린 그 순간에, 우산의 색깔과 크기 같은 건 아무 소용도 없었다.

노래

아마 내 또래 모두가 그렇겠지만 싸이월드를 했었다. 싸이월드는 자신의 미니홈피를 예쁘게 꾸미는 것이 관건이었다. 그게 재밌었다. 그래서 문화상품권을 사서 도토리를 충전했다. 그 도토리로 미니홈피를 꾸밀 아이템을 구매했다. 예쁜 스킨, 예쁜 폰트. 그리고 하이라이트인 배경음악. 스킨과 폰트는 적당히 고민 없이, 어차피 고를 수 있는 것들 안에서 최선을 고르는 느낌이었다면 노래는 유난히 고민이었다. 뭔가 끝내주는 걸 하고 싶었다. 들어도 들어도 질리지 않을 영원한 노래를 찾고 싶었다. 그땐 5천 원도 큰돈이었기 때문에 도토리가 제값을 해야 했다. 그래서 무진장 열심히 골랐다. 며칠을 들어보고 도입부부터 엔딩까지 거슬리는 게 없는지 생각하고 또 생각했다. 아마 그렇게 골랐던 노래가 바이브의 〈사진을 보다가〉였던 것 같은데… 웃기게도 이제는 듣지 않는다. 물론 그때 도토리로 산 노래 중에 여전히 가끔 듣는 것도 있다. 수잔 베가의 〈tom's diner〉라는 다른 사람 미니홈피에서 우연히 듣게 된 노래였는데 너무 좋아서 나도 구매했었다. 아무튼 이렇게 단순하고 실없이 나에게서 '영원할 노래'를 찾으려고 했었다. 물론 실패했지만.

싸이월드에서만 이런 감정을 느낀 건 아니었다. 인스타그램에는 '스토리'라는 기능이 있는데, 스토리에 올린 게시물은 오직 24시간만 유효하다. 그래서 나는 사진들을 피드에 박제시킬만한 사진인지 24시간만 유효한 스토리에 올릴만한 사진인지 판단하게 되었다. 스토리 게시물은 무의미하고 피드 게시물은 유의미하다는 단순한 비교를 하자는 게 아니고, 스토리나 피드 중 어느 쪽으로 올릴지를 정하는 그 순간 말이다. 어떤 기준에 의해 마음이 한쪽으로 기우는 그 찰나의 순간.

마음

책을 추가로 인쇄하기 위해 인쇄소에 다시 방문했다. 사장님은 '오랜만에 오셨네요.'라는 인사를 해주었다. 일을 마치고 인쇄소를 나오면서는 기분이 이상했다. 어딘가 불안했다. 바로 집으로 가기가 감정적으로 어수선했다. 전에 갔던 카페에 들어가서 커피를 시키곤 한동안 벽에 기대어 허공만 바라봤다. 나는 문득 이 아름다운 시기가 아무렇지도 않은 듯 지나가고 훗날 술자리에서 '너 예전에 20대 때 글 쓰는 거 좋아했는데'라는 말이 아픔 없이 안주로 오가는 상상을 했다. 끔찍했다.
생각은 자연스레 책을 만들던 지난겨울을 떠올렸다. 제작 초반에는 생각한 이미지들을 구현해내고 일을 진행하는 데 정신이 집중되어있었다. 그런데 제작 후반에는 매우 불안했다. 생각이 많아졌다. '이게 만들어지는 건가?'부터 '만들어지면 그다음엔?', '어차피 잠깐 기억됐다가 사라지겠지?', '그러면 사라진 후에는?', '그 후에 내 마음은?' 언젠가부터 무언가가 생기면 늘 사라질 걱정부터 했다. 물론 이 걱정은 나의 기질 특성상 아픔이나 슬픔보단 행복이나 기쁨에 적용됐다. 세상 모든 게 그렇듯 내 글도 언젠간 잊힌다. 내 글을 사랑해주는 마음들도 없어지는 날이 올 거다. 내가 내 글을 사랑하는 마음도 변할 수 있는 거니까. 내 마음이랄 게 특별할 게 하나도 없고, 정말이지 모든 게 다를 게 없다.

내 왼팔엔 '영원'이라는 단어가 한문으로 조그맣게 새겨져 있다. 사람들에게 이걸 알려주면 가끔 비웃을 때가 있는데, 나는 영원한 게 없단 걸 잘 알고 있어서 이거라도 영원했으면 해서 했다고 말한다. 그런데 오늘은 나조차도 내 왼팔에 있는 '영원' 타투가 철없어 보인다. 그 어떤 나쁜 일도 없었지만, 왠지 오늘만큼은 그래 보였다.

통조림 파인애플

영화 〈중경삼림〉에서 금성무의 대사 중엔 이런 게 있다. '언제부터 시작됐는지 모르지만, 어느 물건이든 기한이 있다. 난 의심이 들기 시작했다. 세상에 유효 기한이 없는 것은 없는 걸까?' 4월 1일 실연당한 그는 매일 하나씩, 헤어진 애인이 좋아했던 통조림 파인애플을 사 모은다. 자신의 생일인 5월 1일까지의 유효 기간을 가진 통조림 파인애플만을 사 모으고는, 5월 1일에도 헤어진 연인이 돌아오지 않자 전부 다 먹어 치운다.
마지막으로, 그 통조림 파인애플을 몽땅 먹어 치워 버린 후에도 영화에선 별일이 일어나지 않는다. 금성무 에피소드는 그렇게 끝이 난다.

어리석다고 생각될 수 있지만, 우리가 가지고 있는 영원에 대한 소망. 우산부터 통조림 파인애플까지 사랑했지만 잃어버린 것들.

왕 시리즈

소심 왕

나는 오빠랑 13살 터울이다. 이 사실을 알게 된 사람들의 첫 반응은 대개 '오빠가 너 엄청 이뻐했겠다'다. 물론 그렇기도 했지만, 이 정도로 차이가 나면 좀 어색하다. 그리고 오빠도 지금은 많이 유해졌지만 어렸을 땐 오빠가 까칠해서 조금 무섭기도 했었다.

언제인지 기억나진 않는데 넷플릭스가 아닌 곰 플레이어를 사용하던 때, 그때도 영화 보는 게 좋아서 컴퓨터로 영화를 보고 싶은데, 어떤 사이트에서 어떻게 봐야 할지 전혀 알지 못했다. 그래서 오빠에게 부탁해야겠다는 판단을 내렸고, '오빠에게 부탁은 또 어떻게 하지…?'라는 두 번째 난관에 빠졌다.

부탁을 해야 하니 우선 영화를 정확하게 골라야 했다. 그래서 고른 게 〈새드 무비〉였다. 이제 오빠한테 말해야 했다. 화장실에 들어가서 거울을 보고 오빠한테 부탁하는 연습을 했다. '오빠 내가 영화가 보고 싶은데 어떻게 하는지 몰라서… 좀 부탁해도 될까?' 이 멘트를 베이스로 다양한 표정과 몇 개의 단어를 붙였다 말았다 하며 연습했다. 이윽고 거실에 누워서 티브이를 보는 오빠에게 다가가 쭈뼛쭈뼛 연습한 말을 걸었다. 오빠는 '알겠어'라고 대답했고 나는 겨우 마음을 쓸어내리며 '고마워…'라고 대답했다. 아직도 그때를 생각하면 웃기다. 화장실에서 연습하면서도 혹시나 연습하는 소리가 들릴까 봐 조마조마했었으니까.

분노 왕

'소심 왕'을 읽으면서 '이상은 별거 없네. 찌질하네'라고 생각했다면 오산이다. 할 말은 하고 사는 성격이다. 근데 심지어 화도 잘 낸다. 싸우는 건 싫은데 짜증나는 행동은 참기가 어렵다. 무슨 일이 있었냐면, 언젠가 아는 오빠와 밤에 동네에서 조금 먼 버스 정류장에서 버스를 기다리고 있었다. 그런데 버스가 끊긴 것 같아 택시 타고 가야 하나 걸어가야 하나 생각하고 있는 와중에 갑자기 술에 취한 아저씨가 우리에게 시비를 걸며 겁을 줬다. 칼 있냐는 둥 누굴 죽일 거라는 둥. 우리는 황급히 정류장을 빠져나왔다.

술주정에 불과했지만 무서웠다. 그래서 걸어가진 못하겠고 택시 타고 빨리 가고 싶었다. 내가 택시 타고 간다니까 오빠가 '너 집 여기서 좀 가깝지 않아?'라고 했다. 나는 그냥 택시 탈거라고 했다. 저런 사람 보니까 무서워서 못 걸어가겠다고. 그다음에 내가 들은 말은 '와 돈 너무

아깝다'였다. 이때 짜증이 났는데 눈치 없이 그 말을 계속했다. 걸어가기가 왜 무섭냐고 놀리고, 돈 진짜 막 쓴다면서 계속 빈정거리는데 듣다듣다 화가 치밀었다. 결국 나는 걸음을 멈추고 오빠를 똑바로 바라보면서 분명하게 이야기했다. '뭐라는 거야 시팔 새끼가' 오빠는 당황해서 말을 멈췄고, 나는 다시 '자꾸 뭐라고 지랄하는 거냐고'하며 앞에 있는 택시 문을 열었다. 오빠는 '…상은아 잘 가'라고 했고 난 그냥 택시 문을 닫았다. 택시를 타니 바로 '잘가 상은아'라는 메시지가 왔는데 나는 'ㅇ까세요'라고 답장했다.

미소 왕

계속해서 '분노 왕'을 읽고서 '이상은 성깔 있네. 기세겠다'라고만 생각하면 또 오산이다. 인스타그램에서도 확인할 수 있는데 난 잘 웃는다. 쉽게 미소를 짓기도 하고 뭔가 인상은 세게 생겼는데 웃는 거 보면 확 다르다는 이야기도 듣는다. 나는 서비스직에 종사하고 있는데, 직업 특성상 웃어야 한다. 그러니 원래도 잘 웃는 내가 더 잘 웃는 사람이 됐다. 자연스럽게 웃으며 모르는 사람들과도 시답잖은 대화를 하면서 친해지고 인사하고 안부를 나눈다. '오랜만에 오셨네요.', '잘 지내셨어요?'라는 말을 먼저 건네고 고객이 나에게도 안부를 물으면 '저 당연히 잘 지냈죠.'라는 말과 함께 미소를 발사한다. 덕분에 손님이었는데 친해진 사람들도 있어서 어떤 때는 음식도 받아먹고, 내 손을 꼭 잡고 정말 고맙다고 말하기도 하고, 매장을 나가기 전에 날 찾아서 인사를 해주고 나가기도 했다.

이렇게 잘 알지도 못하는 사람들한테 잘 웃고 그러다 보니 새로 맺는 관계에서 '만난 지 얼마 되지 않은 시간인데도 편하게 느껴졌다'라는 말을 은근히 자주 듣는다. 그리고 잘 웃으니 모든 걸 쉽게 처리하고, 쉽게 행복해하는 사람으로 여겨질 때도 많다. 워낙 잘 웃으니까.

눈물 왕

마지막으로 '미소 왕'을 읽었다고 해서 '이상은 귀엽네. 밝은 사람이구나.'라고 생각한다면 역시 오산이다. 한때는 종일 눈물을 흘리고 지내서 친구들이 무척 걱정했었다. 근데 뭐 지금도, 요즘도 가끔 그 상태로 돌아갈 때도 있다.

일주일 전엔 을지로에서 밤 10시부터 12시까지 내내 울었다. 말하다 울고, 눈물 닦았는데 울고, 닦다가 또 울고 난리도 아니었다. 세상이 싫어서 울고 사람이 미워서 울고 감정이 지쳐서 울었다. 도무지 버틸 수가 없었다. 아마 그날 을지로에서 '씨발' 소리 제일 많이 한 건 나일 거다. 틀림없다.

인생이 조금 꼬이기 시작했던 건 2년 전인가 공황이 몇 개월 동안 있던 그때부터였다. 거리를 걷는데 사람이 정말 없었다. 대부분 공황이 많은 사람이 있는 공간에서 일어나는 거로 생각하지만 그게 아니었다. 갑자기 공간이 확 좁아지는 기분이 들더니 그 공간 안에 있는 사람들이 모두 날 죽이고 공격할 거라는 느낌을 받았다. 그때부턴 잠은 기본이고 식사도 어려웠다. 한동안 살아있는 게 너무 무서워서 제발 내 인생을 끝내 달라고 기도하면서 잠들었었다.

그리고

이 외에도 나는 무표정으로 보내는 날들도 많고, 싸가지 없게 행동할 때도 있고, 입에 걸레 문 것처럼 욕할 때도 있으며 누구보다 헤프게 웃으면서 애교를 피울 때도 있다. 그러다 또 차분하게 앉아서 책을 읽기도 한다. 얼마 전 건강검진에서 스트레스 검사를 했다. 뭔가 심각한 수준의 결과를 예상했는데 아주 안정적인 결과가 나왔다. 어쩌면 예상이 아니라 기대였을까? 마음속 어딘가 허무를 느끼면서도 모든 게 편안해졌다.

어디서 봤는데 인생은 단순한데 우리가 복잡하게 사는 거라고 했다. 단순하다는 사실을 인정 못 해 발악을 했던 것 같다. 모든 감정이 지나갔고 그중 무엇이 나의 진짜 감정인지 헤아려보았다. 소심과 분노 모두 내 것이었고 미소와 눈물도 모두 나의 모습이었다. 그게 전부다.

스틸 라이프
Still Life

맥빠지는 소리일 수도 있지만 글을 쓰게 될 줄 몰랐다. 대학에 사진 전공으로 입학했는데 수업은 현대예술이론 및 실기를 배워 졸업했고, 졸업 후엔 옷가게에서 일하며 글을 썼다.난 정말 내가 이렇게 살아갈 줄 몰랐다.

내가 글을 쓰게 된 계기는 단순히 노트북을 사게 되면서였다. 게임도 안 하고 일러스트나 영상, 음악 작업도 하지 않으니 노트북을 열면 메신저와 포토 부스 밖에 켜는 게 없었다. 내가 이러려고 노트북을 백만 원이나 주고 산 걸까 싶은 생각이 들어, 자신에게 어처구니가 없었다. 그래서 '뭐 좀 생산적인 것 없을까…'하는 생각으로 시작된 게 글쓰기였다. 처음엔 남들 다 작업용으로 사는 맥북으로 타자만 치는 내가 웃기기도 했지만, 머리맡에 두고 글이 생각나면 언제고 열어서 쓸 수 있는 편리함이 맘에 들었다. 그렇게 쓴 글들을 SNS에 올리다 보니 주변에서 긍정적인 반응이 왔고, 양이 점점 많아졌다. 그래서 작년에 한 해가 다 가기 전에 뭔가를 만들어내면 기분이 좋지 않을까 하는 단순한 마음으로 시작했다.

물론 그러고 나서 인생이 전과는 조금 달라졌지만, 여전히 많은 것들이 제자리다. 여전히 옷가게에서 일하고 점심시간에는 편의점 삼각김밥에 딸기우유를 먹는다. '작가님 응원해요'라는 메시지도 받는다. 내 앞에 널브러진 삼각김밥 포장지와 빈 우유갑을 보고 있자니 모양이 영 웃겨서 웃은 적도 있다.

언젠가 명절에 특선영화로 TV에서 이창동 감독의 〈시〉를 방영했다. 엄마와 수다를 떨며 할 일을 하면서 봤기 때문에 장면 장면 집중해서 보지 못하고 그냥 전체적인 흐름만 파악하면서 보고 있었다. 영화에선 윤정희 할머니가 몸이 불편한 회장님의 간병인으로 일하며 가벼운 집안일을 했다. 회장님이 약을 달라고 하는 장면이 있었다. 윤정희 할머니는 미소와 함께 "무슨 약인데요~? 오호호"라고 물었지만, 회장님은 설명 없이 그냥 달라고 했다. 나는 아픈 사람이 약을 먹는 것이니까 아무 생각 없이 보았는데 엄마는 빨래를 탁탁 개며 TV는 쳐다보지도 않고 "비아그라네"라고 하는 것이다. 난 "설마"라고 했지만, 아니나 다를까. 다음 장면에선 회장님이 할머니의 손을 붙잡고 제발 남자구실을 하고 싶다며 애걸복걸을 하는 것이다. 영화도 충격이었지만 그걸 당연한 흐름으로 알고 있는 엄마가 더 충격이었다. 엄마는 어떻게 아는 거지. 하지만 엄마라고 뭐 공부를 해서 알았을까. 그냥 살다 보니까 인간이 그런 것이라는 걸 겪으면서 안 것이다. 시간이 흐를수록 아는 건 많아지고 그 대가로 점점 무감

(無感)해진다. 뻣뻣하고 건조한 인생이 되는 것이다. 엄마는 아무렇지 않은 표정으로 다 갠 빨래를 서랍에 넣었고 다시 소파에 앉아 〈시〉를 끝까지 보았다.

서촌의 곱창집에서 친구를 만났다. 곱창집 2층은 다락방처럼 되어서 등을 다 피기도 어려웠다. 고개를 살짝 숙이고 들어가 맨 끝 냉장고 옆에 앉았다. 우리는 손만 뻗으면 있는 냉장고에서 소주와 맥주를 꺼내 소맥을 말아 곱창을 먹었다. 2층 다락은 테이블 간격도 거의 없다고 봐야 할 정도로 가까웠다. 테이블 가스버너의 가스가 다 닳아서 새로운 가스를 받았는데 친구도 나도 영 끼울 줄 몰랐다. 버벅대던 중 옆 테이블에 중년 남자 손님이 가스를 갈아주었다.

옆 테이블은 이미 한잔 걸치고 온 듯 분위기가 얼큰했다. 그런데도 소주를 맥주 글라스로 따라서 마시고 있었다. '저런 게 연륜이구나.' 하는데 가스를 갈아준 손님이 같이 건배를 하자고 했다. 우리는 웃으면서 같이 건배했다. 그 건배를 시작으로 줄줄이 이야기했는데, 대학 향우회에서 왔다고 했다. 명예퇴직한 교장 선생님도 있었고, 연구원, 정치인도 있었다. 우리는 고등학교 친구라고 소개했다. 그분들은 우리 테이블까지 계산을 해주었고 많이 취해서 집에 가버린 분을 제외하고 우리까지, 다섯 명은 2차로 카페에 갔다.

카페에 가서 따뜻한 아메리카노 다섯 잔을 시켰다. 벌겋게 취해선 아메리카노 잔을 건배하듯 부딪혔다. 우리와 다음에 또 만나고 싶다고 하며 친구에겐 명함을, 나에겐 전화번호를 주었다. 나는 그분 핸드폰에 '세종 음식문화거리 이상은'으로 저장되었다. 맛있고 비싼 음식이 먹고 싶으면 연락하라고 했다. 그리고 그분들은 다 마신 커피잔을 머리 위로 털었다. 카페를 나와 우린 3차를 갔고 그분들은 지하철을 타러 갔다. 그분들과 우리는 아마 다시 만나지 않을 것이다. 왜냐면 그건 그냥 그런 거니까.

집 근처 조그만 광장 벤치에는 노인들이 항상 앉아있다. 비슷한 색깔의 옷들과 비슷한 모양의 지팡이들. 햇빛이 노을로 바뀔 때쯤 머리 위로 새들이 떼를 지어 계속해서 같은 자리를 회전한다. 빛은 새들도 비췄다가 노인들을 비추기도 했다. 그 모습을 조금 오래 바라봤는데 그 모습은 아름답기도 했고 처량하기도 했다.

가끔 인생이 뭔지 알 것 같다는 생각이 들었다. 누군가 감히 너 따위가 알긴 뭘 아냐고 한대도 눈 하나 꿈쩍 안

할 정도로 알 것 같았다. 내 속의 감정이 파도치고 소용돌이치고 눈물이 나도 그 눈물은 그 누구에게도 닿지 않는다. 내 슬픔과 기쁨은 다른 사람들에겐 그냥 길을 걷다 가게에서 흘러나오는 노래 같은 것이다. 아무 기억도 나지 않거나, 몇 초 흥얼거리다 금세 잊히거나. 친구와 통화를 하며 '사람들 다 역겨워, 근데 불쌍해'라고 말했다. 역겹고 불쌍한 인간. 그리고 치사한 인생. 내가 아는 건 이 사실 밖에 없다. 난 진실로 삶이 아름답다고 생각하지 않는다. 삶이 짧다고 생각하지도 않는다. 삶은 너무 길다. 그래서 이 글은 너무 짧다.

이 글의 제목은 '스틸 라이프 Still Life'다. 조금은 시니컬한 내용과 그래도 희망이 어렴풋이 존재하는 것 같은 Still(스틸 : 아직도, 계속해서, 그럼에도 불구하고)이라는 단어의 조합이 아이러니하지만, 이 단어가 가장 어울리는 것 같다. 파도 말고 고요한 호수 같은 삶. 약해지는 건지 강해지는 건지 모르겠는 삶. 가져가는 건지 잃어버리는 건지 모르겠는 삶. 바꿀 수 없는 건 너무 많고, 이해해야 할 것만 늘어가는 삶. 스틸 라이프.

날 기다리고 있던 게 이런 거였을까

요즘 뭔가가 날 기다리고 있는 것 같다는 묘한 기분이 자주 들었다. 이상했다. 뭐가 날 기다리고 있는 걸까? 난 여러 가지 짐작을 해봤다. 우울감, 새로운 사람, 기대했던 자리, 새로운 글 등. 행복인지 불행인지조차 짐작할 수 없어 은연중에 계속해서 경계했다. 하지만 어떠한 일도 일어나지 않았고, 뭐가 날 기다리고 있는 것 같다는 내 생각이 우스워졌다. 도대체 뭐가 날 기다리고 있겠어.

일이 유난히 바빴다. 8시간의 근무가 어떻게 지나갔는지도 모를 만큼 바빴다. 그래도 다음날은 쉬는 날이니 힘은 들었지만 바쁜 만큼 시간이 잘 가서 좋기도 했다. 내일은 약속이 두 개나 있었다. 점심 약속, 저녁 약속. 오랜만에 보는 사람들과 점심, 앞으론 자주 못 볼 사람과 저녁. 뭘 입고 나갈지 고민했다. 더울 테니까 가볍게 민소매를 입을까도 생각했고, 위아래 모두 흰색으로 맞춰서 입을까도 생각했다. 액세서리도 주렁주렁 화려하게 끼고, 가방은 노란색 가방과 하늘색 가방 중에서 고민했다. 내 머릿속은 온통 '내일 뭐 입지?'로 가득 찼다.

집에 돌아와 빨래를 돌리며 음악을 크게 틀고 샤워를 했다. 종일 쌓였던 먼지가 씻겨나가 너무 개운했다. 오랜만에 팩도 했다. 틀어놓은 노래를 따라 흥얼거리며 쌓여있는 휴대폰 메시지에 답장을 하고 있는데, 내 눈을 의심하게 만드는 메시지가 도착했다. 엄마가 셋째 이모부가 돌아가셔서 시골이라고 했다. 다급히 엄마에게 전화했다. 엄마는 가라앉은 목소리로 전화를 받았다. "셋째 이모부가 돌아가셨어." "그러니까요 엄마… 무슨 일이에요? 아프신 건 알고 있었는데 최근에도 아프셨어요? 괜찮으신 줄 알았는데." "그러니까, 기막히지…"

내일 아침이면 장례가 끝이라고 했다. 나는 왜 오늘 일을 했고, 나는 왜 알지 못했으며 나는 왜 지금 서울에 있고, 나는 왜 운전면허가 없는지 도통 알 수가 없었다. 내일 아침 첫차를 타도 발인이 끝날 때 도착할 것 같다고 오지 말라고 했지만 그래도 가겠다고 대답했다. 이모부는 없지만 이모부의 사진이라도 봐야겠고 이모도 봐야겠고 엄마도 봐야겠다고 생각했다. 주소와 가는 길을 검색해 머릿속에 입력해놓고 통화를 끊었다. 거울을 쳐다보니 팩이 말랐다.

화장실에서 팩을 닦아내기 위해 연신 세수를 하는데 머리가 멍했다. 이모부가? 돌아가셨다고? 쉽게 납득하기 어려웠다. 다시 의자에 앉아 친구와의 채팅방을 켰는데, 좀 전까지 나와 내 친구는 죽고 싶다고 세상 사는 거 너무 버겁다고 힘들어서 죽고 싶다고 말하고 있었다. 다시 보니 어처구니가 없었다. 내일 입으려 했던 민소매? 흰색 옷? 그런 건 고민할 필요도 없었다. 옷장에서 검은색 옷을 꺼냈다. 구겨져 있던 부분을 펴고 먼지를 털어냈다. 버스를 예매하려고 보니 간신히 두 자리가 남아있었다. 아침 6시 40분 버스인데 이렇게 사람이 많다고? 다 우리 이모부 뵈러 가나. 가만히 앉아 멍한 상태로 담배를 피웠다. 셋째 이모부에 대한 기억들이 떠올랐다. 나와 우리 가족에게 정말 잘해주었던 이모부. 믹스커피랑 커피 과자를 좋아하고, 고기를 좋아하고, 라면을 좋아해서 어린 나와 입맛이 맞는다며 함께 웃었던. 피는 안 섞였지만 많은 친척 중에 유일하게 좋아하고 편했던 어른이었는데. 이모도 이제 좀 안정되는 것 같았는데. 우리 이모는 어떡하지. 그런 이모를 사랑하는 우리 엄마는 어떡하지.

엄마는 통화를 끝내면서 "엄마 속상해."라고 했는데, 그 말이 귓가에 맴돌았다. 어떡하지. 18년 전 외할머니 장례식을 상기시켰다. 할머니는 나에게 훌륭한 사람이 되라고 했었는데. 근데 엄마는 왜 장례에 오지 말라고 했을까. 오빠에게 연락했다. 이모부 돌아가신 거 알고 있냐고 물으니 어제 시골에 다녀왔다고 했다. '왜 나만 몰랐어' 라는 문장을 쓰다가 지웠다. 몇 번을 쓰다 지우기를 반복하다가 '엄마가 나한테 최대한 말을 안 하려고 했었나 봐. 왜인진 모르겠지만 신경 쓰게 하기 싫었던 거겠지'라고 보냈다. '어제 아침에 갑자기 돌아가시기도 했고, 오빠도 출근했다가 중간에 퇴근하고 가게 됐어' 나도 모르게 이 와중에 오빠에게 칭얼댔고, 오빠는 그 와중에 나를 달래줬다.

새벽 한 시 반, 이제 두 시간 반밖에 못 잔다고 생각하고 얼른 자려 했지만, 눈을 감는 게 불편했다. 뭔가 죄스럽기도 해서 잠이 도통 오지 않았다. 몇 번을 그렇게 더 시도하다가 자는 걸 포기했다. 그냥 일어나서 허기진 배를 달래려 냉장고를 열어, 가지를 썰었다. 전자레인지에 데운 햇반과 가지, 그리고 김을 꺼내 우적우적 먹었다. 피곤한 것 같기도 하고 아닌 것 같기도 한 그 상태로 밥을 다 먹은 뒤 담배를 피웠다. 기억은 꼬리에 꼬리를 물고 계속해서 지난날로 데려갔다. 나에게 훌륭한 사람이 되라는 외할머니의 말이 속으로 스며 들었다. 담배를 끄면서 반드시 훌륭한 사람이 되리라고, 꼭 성공하리라고 다짐했다.

부랴부랴 집을 나섰다. 부슬비가 내리고 있었다. 다시 집으로 들어가 우산을 챙겼다. 이어폰을 꽂았지만, 노래를 듣는 게 맞나 고민하다가 이런 생각이 더 우스운 것 같아서 그냥 몇 시간 전에 들었던 노래를 재생시켰다. 버스를 예매할 때 만석인 상태를 보고 '다들 우리 이모부 장례식장에 가는 게 아닐까?' 하는 생각은 단단히 착각이었다. 버스를 기다리는 사람 중 장례식장에 가는 건 나 하나뿐임이 틀림없었다. 내 왼쪽 자리는 분명히 예약되어 있었는데 사람이 오지 않았다. 분명 빈자리가 아니었는데 빈자리가 됐다. 6시 40분, 버스가 달렸다.

홍성에 도착해서 택시를 잡고 홍성추모공원에 가달라고 했다. 구불구불한 비포장길을 따라 한참을 들어간 것 같은데도 멈출 기미를 보이지 않았다. 여기에 장례식장이 있다고? 길이 맞나 싶은 의심이 들 때쯤에 택시 기사는 나에게 오래 걸리냐고 물었다. 나는 한 번에 알아듣지 못해서 되물었다. "나올 때는 어떻게 나오시려고?" "영구차 타고 나옵니다"라고 대답하니 "아, 장례식장 가시는구나"라고 했다. 옷도 다 검은색인데 장례식에 가지 무슨 공원에 가는 줄 아나.

엄마랑 끌어안았다. 셋째 이모를 보았다. 얼굴이 누렇게 떴다. 와락 껴안았다. "이모…", "상은아"라고 말하며 계속 껴안고 있었다. 내가 울 줄 몰랐는데 이모부의 영정사진을 보자마자 눈물이 왈칵 쏟아졌다. "어…"하는 외마디만 괴상하게 내면서 울었다. 머리가 아파졌다. 정신을 차리고 눈물을 닦았다. 그리곤 평소에 잘 짓던 내 표정으로 웃음을 지어 보였다. 그렇게 이모와 손을 잡고 껴안고를 반복하던 중, 이모부의 화장이 끝이 났다. 창 너머로 정말 딱 한 바가지 정도로 보이는 가루가 있었다. 저게 이모부라고? 엄마는 울기 시작하더니 "사람이 저렇게 나온다 상은아"라고 힘들게 말했다. 이제 영정사진을 들고 화장된 상태의 이모부를 보내드리는 의식을 치를 차례였다. 여기저기 쓰러지는 분들이 많아서 모두가 서로를 부축해야 했다. 내 눈물은 아까 그쳤고 난 절대 울지 않았다. 내가 눈물을 참게 될 줄도 몰랐는데 참기로 했다. 눈에 그렁그렁 고이는 눈물을 필사적으로 참았다. 절대 울지 않았다. 엄마도 이모도 챙겨야 한다고 생각했다. 참다가 머리가 좀 아팠지만 기필코 울지 않았다.

장례가 끝나고 다시 서울로 올라왔다. 이모는 힘든 시기에 이모부를 만나서 많은 사랑을 받았고 이모는 다시 안정적으로 생활할 수 있었다. 안정된 생활을 제대로 하기 위해 시골에서 이모부와 같이 집을 지어 살았는데, 이젠 그 예쁜 집에 이모가 혼자 살아야 한다. 안 좋은 일들을 생각하며 문득 '무언가 날 기다리고 있는 것만 같던 근래의 묘한 기분이 이것이었을까?' 하는 생각이 들었다. 섬뜩했다. 어딘가에 원망하고 싶었지만, 마땅한 대상이 없었다.

운이 좋게 이틀 연속 쉬게 된 날 이모 집에 다녀왔다. 서울로 돌아오는 길에 창 바깥으로 안개가 짙었다. 예전에 읽었던 〈무진기행〉이 생각났다. 무진의 명물은 안개라던 책의 첫 구절. 안개를 보며 꼭 성공하고 사랑하리라 다짐했다. 계속해서 안개를 바라봤다. 친구에게서 연락이 왔다. "사실 아까, 너랑 작년 초에 강릉 갔을 때 네가 많이 힘들었던 게 생각나서 좀 그랬어" 나는 망설임 없이 대답했다. "다 지나갔어 돌아볼 필요 없어" 난 다시 창밖을 바라봤다. 안개는 여전했다. 다시 한번, 난 저 안개 속에서 내가 할 수 있는 걸 찾아낼 거라고 다짐했다.
그래서 글을 썼다. 서울로 돌아오는 동안 꾸벅꾸벅 졸며 핸드폰 메모장에 글을 썼다. 내가 할 수 있는 건 이런 거다. 아니, 이게 내 방식이다. 아무튼, 이모부라 사랑한다는 말을 살아있을 때 못해 늦게나마 소용없는 말을 해본다. 나의 사랑하는 이모부(故 장용구)를 나는 기억한다.

동네 정류장

태어나서 지금까지 정확하게 내손동-포일동에서만 살면서 동네와 함께 커왔다. 그렇게 동네에서 사는 동안 동네가 변하는 것을 직접 보고 느껴왔다.

이유를 정확하게는 모르겠지만 20살이 되고 문득 동네에 대한 관심이 커졌다. '동네도 나도 참 많은 시간을 함께 보냈구나.' 생각이 들어 둘러보니 20년이 흐르면서 나도 동네도 바뀐 부분이 많았고, 계속해서 바뀌고 있었다. 그 중 하나가 정류장인데, 정류장은 계속해서 변화했다. 완전히 탈바꿈을 해버리는 건 아니었지만, 마치 내가 나이를 먹으며 알게 모르게 외모, 성격, 느낌 등이 조금씩 변해가는 것과 같이 정류장도 미묘하게 바뀌었다.

정류장은 계속해서 이름이 바뀌었다. 대충 이유는 재개발이나 새로이 건축물이 들어서는 것 등이었다. 그런 큰 변화가 생기면 정류장은 제일 먼저 이름이 바뀌었다. 대략 17년 가까이 '청화아파트 정류장'이었던 것이 '두산위브' 아파트가 들어서고 나서 '두산 위브 정류장'으로 바뀌었다. 이렇게 바뀌고 나면 한동안은 가끔 예전 정류장으로 말하게 되는 경우가 많은데, 마치 개명한 친구의 예전 이름을 부르는 일과 같았다. 그리고 정류장이 바뀐 걸 가장 잘 느낄 수 있는 때는 아무래도 버스를 타고 이

동할 때였다. 버스에서 정류장을 안내해주는 방송이 나올 때 바뀐 정류장의 이름이 들리면 시간의 흐름을 느낄 수 있었다.

정류장의 형태도 계속해서 바뀌었다. 보도블록에 표지판만 세워져 있었던 공간이 지붕과 기둥을 갖춘 정류장이 되었고, 지붕과 기둥을 갖춘 정류장에는 버스 정보나 뉴스 등이 나오는 정보 플랫폼이 생겼다. 앉는 곳이 없었던 곳에는 의자가 생겼고 너무 좁아서 불편했던 곳은 구조를 변경해 넓혀갔다. 우리 동네에는 이름도 없고 정류장의 형태도 없이 표지판만 멀뚱히 서 있었던 정류장이 있었는데, 정류장에 이름이 생기고 기둥과 지붕이 세워졌을 때 나와 친구들은 그 정류장을 보고 출세했다며 우스갯소리를 한 적도 있었다.

이렇게 정류장의 이름이 바뀌거나 모습이 바뀔 때마다 정류장이 한 살 한 살 나이를 먹는 것만 같았다. 이름이 바뀌고 모습이 바뀌었지만, 이상하게도 옛날 그 모습이 다 지워지진 않았다. 마치 오랫동안 못 본 친구를 우연히 보게 됐을 때, 아직도 옛날 그 얼굴이 보이는 것처럼.

아름다운 아파트

내가 초등학교 4학년 때까지 살던 집은 반지하였다. 옆집엔 장애가 있는 아버지를 둔 가족이 살았고 윗집엔 나에게 인자한 표정으로 웃으며 인사를 받아주지만, 매일같이 물건을 집어 던지며 싸움을 하는 중년 부부가 살았다. 그래도 집마다 꽤 살갑게 관계하며 살았다. 내 또래들도 많아서 우리는 친하게 지냈다. 언제는 혼자 있었는데 집에 벌레가 나와서 엉엉 울며 101호 친구에게 달려가 제발 잡아달라고 했던 적도 있다. 지금은 연락을 안 하지만 참 고마웠다.

아무튼, 맞벌이로 열심히 돈을 모았던 부모님은, 어느 날 우리가 이사 갈 거라고 말했다. 마음이 떨렸다. 새로운 동네에 가서 새로운 학교에 다니며 새로운 친구들과 적응할 생각을 하니 두려웠다. 자신이 없었다. 떨리는 마음으로 어디로 가냐 물으니 그냥 동네 안에서 이사하는 거니 전학은 안 가도 된다고 했다. 마음을 쓸어내렸다.

이사를 하기 얼마 전에 엄마와 아빠가 이사 갈 집을 보러 가자고 했다. 얼마나 가까우면 걸어갔다. 이사를 하긴 하는 건가 하던 생각이 들 무렵, 난생처음 보는 높은 건물 속으로 들어가고 있었다. 학원이나 백화점 갈 때나 타던 엘리베이터. 우리 가족은 엘리베이터를 타고 무려 16층까지 올라갔다. 우리 집이 16층이라니. 낯설었다. 우리는 초인종을 눌렀고 문이 열렸다. 낮이었고, 집은 매우 환했다. "남향이라 빛이 잘 드네요. 호호." 엄마가 말했다. 반지하인 우리 집에선 볼 수 없는 풍경이었다. 놀란 눈으로 이곳저곳을 보았지만, 눈에 다 담기지 않았다. 우리 집보다 두 배나 넓은 그곳은 세상에 이런 집도 있구나 싶은 기분을 들게 했었으니까.

집을 구석구석 구경했고 황홀했다. 예정대로 이사했고 그 집은 우리 가족들의 물건들로 채워졌다. 새 침대, 첫 피아노, 새 티브이, 첫 소파. 우릴 그렇게 만족시켜줬던 그 아파트에서 가족은 전보다 쾌적하고 편안한 생활을 했다. 햇빛이 느껴졌고 이웃집의 요란한 소리도 없었다. 그러다 스무 살이 넘어서 문득 전에 살던 반지하 집 앞에 가보고 싶어졌다. 이사 올 때는 몰랐었는데 아파트 후문으로 가니 전에 살던 집이 도보로 5분이면 충분한 거리에 있었다. 정말 몰랐는데, 몰랐던 내가 좀 못되게 느껴졌다. 걸어서 그 집골목 어귀에 섰는데 마음이 복잡해졌다. '내가 여기를 들어가도 되는 걸까? 여길 왜 가려고 하지? 가서 뭘 보고 뭘 확인하고 싶은 걸까. 그래도 뭐 무슨 일이 나겠어?' 나는 골목으로 들어갔다.

심장이 빠르게 뛰었다. 왜 이럴까. 첫 번째 빌라, 두 번째 빌라를 지나 내가 살던 빌라 앞에 섰다. 다시 한번, 정말로 심장이 빠르게 뛰었다. 우리 집은 빌라를 들어가야 볼 수 있었는데 정말 나도 영문을 모르겠지만 들어갈 엄두가 나지 않았다. 쳐다볼 수가 없었다. 골목을 도망치듯 빠져나왔다. 가까스로 진정한 뒤에 따라오는 감정은 분명 죄책감이었다. 그 집이 뭐라고 쳐다도 못 보고 난 뭐가 잘났다고 죄책감을 느꼈던 걸까. 다시 집으로 발걸음을 돌렸다. 아파트 후문쯤 들어가니 마음이 편안했다. 여기는 또 언제부터 내 거였다고 편안함을 느꼈던 걸까. 나도 모르게 뭔가 잘못 흘러간 게 있는 건 아니었을까 싶은 의심이 생겼다.

그런데 나는 또 그렇게 편안한 아파트를 떠나 홀로 지내고 있다. 이제 막 1년이 지났는데 이 집은 또 언제부터 내 거였다고 이 집이 편해졌고 그 아파트를 가면 무언가 편하지 않았다. 싸가지가 없는 건지 과거를 사랑하지 못하는 병에 걸린 건지 센서티브해서 그런 건지 뭔지 짐작되지 않지만, 확실한 것 하나는 과거의 공간에서 과거를 마주칠까 두려워했다는 것이다. 지금과 같지 않은 내 마음을 보고 싶지 않았다.

가족 모임이 있어 집에 가면 그 아름다웠던 아파트도 어느덧 나이를 먹어가는 게 보였다. 가끔은 세면대만 보아도 생각이 많아졌다. 그러니 반지하 집을 쳐다도 못 보겠던 건 어쩌면 당연했다.

내가 제발 괜찮은 어른이 되어 과거를 마주하고 끌어안을 수 있는 어른이 되길 바란다.

이토록 아름다운 서울과
쓰러져가는 내 마음

문득 〈어서 와! 한국은 처음이지?〉를 보다가 마음이 쓰러졌다. 궁에서 나와 시청을 거니는 그들을 보다가 속으로 '맞아. 서울 정말 아름답지'라고 공감을 했는데, 문득 그 아름다운 서울에서 걸었던 내 과거의 시간이 생각났기 때문이었다. 좋은 날씨였던 지난 계절에 고민 끝에 고른 옷을 입고 걸으며 바람도 느끼고 커피도 마시고 빌딩에 반사된 햇빛을 보며 아름답다고 말하다 최근에 본 영화, 들은 음악 등에 대해 이야기했던 수많은 기억이 썰물처럼 밀려왔다.

겨울에 따뜻한 커피를 들고 광화문 에무시네마에서 홍상수 영화를 봤었고, 합정에서 지하철역으로 가던 길에 버스 정류장에 광고된 전시를 보고 '저거 보러 갈까?'라는 말에 전시도 봤었고, 시청 근처를 걷다 전화를 받았는데 '뒤돌아봐봐'라는 말에 뒤를 돌아보고 포옹을 했던 적도 있었다. 경복궁 근처에서 놀게 되면 늘 시청까지 걸어가서 502번 버스를 타고 집에 갔었고, 약속 시각보다 일찍 도착한 날은 광화문 교보문고에서 책을 구경했다. 덕수궁에서 이중섭 화가 전시의 마지막 날엔 땡볕에서 줄을 서서 전시를 보기도 했었고, 을지로에서 술을 마시고 청계천을 걷기도 했었다.

녹사평에서 해방촌으로 넘어가는 육교와 한강진 육교에서는 늘 남산타워를 바라보면서 눈으로, 사진으로 풍경을 담았었고, 이태원 쪽에서 만났던 날은 늘 삼각지역까지 걸어갔었다. 안국역에서는 항상 지하철역으로 들어가기 전 1번 출구 맥도날드에서 간단한 스낵을 먹었고, 국립현대미술관에서 전시를 보고 나면 대부분 경복궁 mk2를 가거나 술을 마시러 체부동 잔치집에 갔었다. 산책은 청와대 쪽 길로 걸었고 그 길은 가을에 낙엽과 단풍으로 아주 아름다웠다. 가을에만 아름다웠던 건 아니었다. 맞은 편 2층 카페에서 약속을 기다리다 우연히 첫눈이 내리는 걸 봤었는데 겨울에도 만만치 않게 아름다웠다.

을지로에 빛이 들어오는 카페에서 이야기하다가 길거리에서 맥주를 마시기도 했고, 상수동에선 이야기하다 우연히 들어간 골목이 아름다워서 다음에 꼭 오자고 약속한 적도 있었다. 신촌에서 술을 먹고 삼각지까지 걸었던 적도 있었다.

이 모든 기억이 내게 물밀 듯이 쓸려왔다. 눈물이 그렁그렁 맺힌 채로 〈어서 와! 한국은 처음이지?〉를 보았고 이런 경험은 처음이었다. 이토록 아름다운 서울과 쓰러져가는 내 마음. 하지만 아픈 마음 말고 내게도 행복했던 순간들이 존재했다는 사실을, 햇빛과 같이 기억해야 한다. 왜 맨날 이렇게 아등바등 사는지는 정말 모르겠지만.

영원한 이방인

열여덟, 열아홉 때였던 것 같은데 홍대에 아늑한 카페가 있었다. 길을 걷다 우연히 발견한 카페였고 반지하에 있었다. 어떤 특별함 같은 게 있진 않았지만 편안했다. 사람들이 적당히 오고 갔고, 음료의 맛도 불편하지 않았다. 은근한 편안함에 지인들과 홍대에 가게 되면 자주 그곳에 갔고 사장님은 어느덧 나를 기억했다. 기억하니 친절하게 맞아주었다. 음료를 시키면 케이크를 서비스로 주었다. 몇 번 감사히 먹었지만 아무래도 마음이 그랬다. 그래서 그다음에 갔을 땐 애초에 케이크도 시켜버렸다. 하지만 내 계획은 소용없었다. 사장님은 결제할 때 금액을 깎아주었다. 너무 감사했지만, 이상하게도 다시는 그 카페에 가기가 어려워졌다. 다른 카페를 찾기로 했다.

딱히 계속 머물 카페를 찾지 못해 이곳저곳을 다녔다. 하지만 나의 생김새가 기억하기 쉬운지 사장님들이 내가 한두 번만 가도 나를 기억하곤 했다. 그래서 새롭게 가게 된 곳에서도 그런 일들이 반복되었다. 그러면 난 또 떠나고, 또 떠났다. 그리고 새롭게 가는 가게가 제발 적당히 친절하길 바랐고, 적당한 친절을 베풀어주는 곳은 나에게 종종 좋은 장소가 되곤 했다.

짐 자무시 감독의 데뷔작인 〈영원한 휴가〉에서 주인공

알리는 이방인의 삶을 산다. 언제나 낯선 곳에 가서 낯선 사람이 되고 싶어 했다. 자신을 정착할 수 없는 사람이라고 설명하며 찰리 파커처럼 하얀색 스리피스 정장을 입고 젊을 때 죽고 싶다고 했다. 누구나 다 혼자라고 이야기하며 말이다. 근데 그런 영화를 만든 짐 자무시가 최근작 〈패터슨〉에서는 전혀 다른 이야기를 한다. 〈패터슨〉에서 패터슨은 정착한 삶을 살았다. 일어나서 시리얼을 먹고, 버스 운전을 시작하기 전에 시를 쓰고, 운전이 끝나면 집에 돌아와 강아지를 데리고 산책을 하며 자주 가는 펍에서 술을 한 잔 마시고 집으로 돌아가 철부지 아내와 적당한 대화를 하다 잠이 들었다. 무슨 일이 일어날 것만 같은 에피소드는 그저 에피소드로 그친다. 아무 일도 일어나지 않고, 우리는 아무 일도 일어나지 않는 패터슨의 조용한 일주일을 관람한다.

이방인이고 싶어 하는 알리에서 정착한 패터슨까지. 실제로 짐 자무시가 어떤 마음이었는지 알 수는 없지만 나는 짐 자무시가 가진 삶의 태도가 변화한 게 아닐까 짐작했다.

그와 같은 마음일지는 모르겠지만 나도 언제나 내가 이방인이려고 했다. 의지와 확인이 필요하지 않은 인물로서 존재하는 것이 가볍고 좋았다. 하지만 어느 순간부터는 그 과정을 다 거친 뒤 묵묵히 머물 수 있는 사람이 되고 싶어졌다. 앞의 이야기로 돌아가 따져보자면, 자주 가는 카페에서 베풀어주는 마음을 마냥 어려워하고 불편해하는 나보단 상대방의 마음을 잘 받고 나의 마음을 나의 방식으로 잘 표현하는 사람이 되고 싶어졌다는 것이다. 내가 떠나는 게 내 딴엔 배려지만 사실 그게 상대방의 마음을 기만하는 것일 수도 있다는 생각이 들었다. 주는 것에만 익숙했고 받는 것에는 서툴렀다. 그래서 내 딴에 순수한 배려라고 생각하고 한 행동들이 사실은 내가 어떤 존재로서 어떻게 행동해야 할지를 몰라 저지른 행동에 불과했고, 그런 나의 어설픔은 몇몇 관계를 아무 설명 없이 그르쳐버렸다.

이제는 전과 다르게 좋은 장소를 알게 되면 부담 없이 자주 찾는다. 몇몇 가게는 사장님들이랑도 꽤 친해져 사소한 선물도 주고받으며 이따금 안부도 묻는다. 하지만 아쉽게도 이렇게 마음먹기 전에 홍대의 아늑한 카페는 없어져 버렸고, 카페를 운영하는 마지막 날에 파티를 할 테니 오라고 했지만 가지 못했다. 그래서 난 지금 카페 사장님이 어떻게 지내는지 전혀 알지 못한다. 그때, 덜 서툴러서 사장님의 마음을 잘 받아냈고 그 파티에 작은 선물을 들고 방문했다면 사장님의 안부도 어쩌면 알고 있을 텐데 말이다.

〈영원한 휴가〉에서 알리는 마지막까지 자신은 평생 정착할 수 없을 거라고 말했지만, 난 그렇게 말한 알리도 어쩌면 정착할 수 있는 날이 오지 않을까 한다. 영화에서는 노래 'Somewhere over the rainbow'가 흐른다. 어딘가에 있을 무지개가 어쩌면, 알리가 계속해서 떠나버려서 보지 못했던 것이 아닐까?

둘,

:

나의 편린
(片鱗)

N세대 생활방식

1994년에 태어난 나는 책상 위에 올려진 두꺼운 컴퓨터로 크레이지 아케이드를 하던 시절을 지나 이제는 한 손으로 쥘 수 있는 아이폰으로 인스타그램을 한다. 내 또래는 다들 이런 시간을 겪었을 텐데, 이런 우리를 N세대라고 한다.

얼마 전, 친구는 애인이 이별을 말해서 정신이 없다고 말했다. 그리고 며칠이 지나 친구를 만나니, 다행히도 잘 해결이 됐는지 웃는 얼굴이었다. 친구는 자신이 찌질하게 매달린 이야기를 해줬다. 그리고 이런 이야기도 했다. "나 애인이 헤어지자고해서 너무 슬퍼서 울고 싶었는데 눈물이 안 나는 거야. 그래서 유튜브에 '드라마 눈물 연기 모음' 검색해서 그거 보고 울었다?" 찌질하게 매달린 이야기를 들었을 때도 웃겼지만 이 이야기는 정말 웃겼다. 그러면서 우린 이제 유튜브 없으면 울 수도 없게 됐다며 조소했다.

친구가 마냥 돌연변이 같았던 건 아니다. '드라마 눈물 연기 모음'이 평소 자주 검색하던 게 아니어서 그렇지 보통 애인과 헤어져 슬픔에 빠지고 싶은 날엔 슬픈 영화나 노래를 찾지 않는가? 슬픈 날엔 울면서 재생 버튼을 누르는 게 우리 세대다. 물론 술도 많이 마시겠지만.

얼마 전, 선물로 줄 라이터를 만들었는데, 라이터에는 '@itwasreality'라고 쓰여있다. 라이터를 만든 목적은 홍보였고, 라이터로 정한 이유는 유동적으로 존재하길 바라서였다. 여느 음식점이나 술집에서 나오며 집어오는 라이터지만 나에게는 가게 상호, 전화번호, 팩스 번호 따위를 새길 필요가 없었다. 나를 찾아와서 봐달라는 말은 골뱅이(@)와 아이디만 있으면 된다. 요즘 '@'와 영어의 조합이 뭔지 모르는 사람은 없으니까. 이제는 친구들과 종종 이런 대화를 한다. "너 XXX 알아?" "XXX? 아이디 뭔데?" 어디 사는 누구고 뭐 하는 사람인지보다 더 정확한 아이디. 또 아이디를 말하다 보면 언더바(_)가 앞에 있네, 뒤에 있네, 두 개 있냐, 세 개 있냐 하는 웃긴 상황이 생긴다. 이건 마치 이름이 '혜나'라고 하면 '혜'가 여이(ㅖ)인지 아이(ㅒ)인지 정확히 하는 상황과 오버랩된다. 그만큼 아이디가 중요해졌다.

구닥(Gudak)이라는 휴대폰 앱이 있다. 솔직히 말하자면, 많은 사람이 구닥을 사용할 당시에 난 좀 고통스러웠다. 앱을 혐오했다기보다 구닥의 탄생이 고통스러웠다. 필름카메라의 색감은 갖고 싶지만 불편하고 어려운 건 싫으니 이런 혼종이 탄생한 것이다. 사용하는 방법은 더 괴이했다. 앱을 열면 액정 위에 필름 카메라 뷰파인더처럼 꾸며진 화면이 켜지고, 휴대폰을 쥐고 뷰파인더처럼 꾸며진 뷰파인더를 통해 사진을 찍는다. 그리고 필름 롤을 다 채워야만 방금 찍은 사진을 볼 수 있다. 그쯤엔 너무 웃겨서 친구한테 현상은 어디서 하냐고 물었다. 현상 방법 역시 괴이했다. 원래는 앱에서 정한 기간이 지나야 사진을 볼 수 있는데, 기기의 날짜 설정을 바꾸기만 해도 바로 현상이 끝난다.

필름카메라처럼 현상해야 하는 디테일까지 넣어놓고, 급한 사람들을 위해 날짜를 바꾸면 바로 볼 수 있는 편리함까지 넣어놓다니. 아날로그와 디지털이 짬뽕 돼 이런 조악한 앱이 탄생했다. 무엇보다도 아이러니한 건 사람들이 이 앱을 좋아한다는 사실이었다. 나에게는 너무나도 괴이한 앱인데 사람들은 색감도 좋고 참신하다며 좋아했다. 색감이야 좋을 수 있겠지만 난 이상하게도 쓸 수 없었다. 하지만 한편으론 이제는 이런 앱이 존재해야 하는 시대가 왔는데 내가 유난스럽게 적응을 못 하는 건가 싶어서 고통스러웠다. 세상이 과도기에 있는 것 같았다. 나 홀로 구석에서 어떻게 진짜를 쓰지 않을 수 있냐고 고함치는 것 같았다.

언젠가 이런 대사를 들어본 적이 있다. '이성을 만나고 싶으면 미용실에 갈 게 아니라 프로필 사진을 바꿔.' 또 다이나믹듀오의 〈싱숭생숭〉이라는 노래에는 이런 가사가 있다. '프로필 사진 바뀌었나 또 확대해보고 속는 셈 예뻐진 너에게 전화를 거네' 실로 이젠 이런 문장들이 어색하지 않다. 우린 사진을 많이 믿으면서도 믿지 못하는 시대에 산다. 무슨 일을 이야기하면 반사적으로 나오는 말이 "진짜? 사진 봐봐" 인데 막상 사진을 보여주면 "아 근데 사진 못 믿어"라는 말을 한다. 사진에 대한 믿음과 불신, 어느 쪽도 이해된다. 'Life for Image : 이미지를 위한 삶' 우리는 점점 더 이미지화되는 세상에서 살고 있다. 인생을 위한 이미지를 찾고 이미지로 싸우며, 이미지를 위해 삶의 많은 부분을 투자한다. 언제는 내 인생에 끝내주는 사진 한 장만 생긴다면, 내 인생이 원하는 대로 돌아갈 수도 있을 것 같다고 생각했다.

내가 일하는 의류매장엔 곳곳에 꽃이 비치되어있다. 플로리스트가 직접 2주마다 새로운 꽃으로 바꾼다. 즉 조화가 아니라 생화라는 말인데, 손님들은 늘 꽃을 빤히 쳐다보다가 물어본다. "이거 진짜예요?" "네 진짜예요." 그럼 대개 이어지는 반응은 "오…"라는 외마디다. 사람들의 감탄은 가짜가 아닌 진짜를 놓았다는 이유 때문이다. 조화는 아름다운 형상 그대로 영원히 존재하겠지만, 진짜가 아니라는 이유만으로 의미가 없어진다. 어느 날엔 화려하다가 어느 날이 되면 시들고 때가 되면 죽기도 하는 생화가 조화보다 유의미하다. 그래서 생화라는 사실이 확인될 때, 진실성이 피어나고 그 진실성은 감동을 준다.

진짜에 대한 감동. N세대에선 이게 중요한 게 아닐까? 왜냐하면, 지금 우리 세대들은 '모르진 않는' 것 같다. 그렇기 때문에 진짜를 알아내는 힘이 필요하다. 쉽지 않겠지만 적어도 자신한테 진짜인 것을 찾아내야 살아가는 게 의미 있지 않을까. 분명 진짜는 힘이 있다. 'N세대 생활방식'이라는 제목을 달아놓고 정작 생활방식에 관해서는 한마디도 하지 않는 글이 개운치 않을 수 있지만, 지금의 나를 잠깐 멈춰서 정리해보고 싶었다. 삶과 자신을 모르면 아무것도 아니니까.

트루 인스타 스토리
True insta story

대학 때 '카메라는 내가 무언가를 찍는 사물이라고 생각하기 쉽지만, 실상 내가 찍히는 사물이다.'라는 글을 쓴 적이 있다. 이걸 느끼게 된 계기는 '인스타그램'이다. 지금은 사람들은 물론이고 심지어 회사와 가게들도 모두 인스타그램을 하지만 당시에는 인스타그램 유저가 소수였다. 나는 세상의 흐름에 빠르게 반응하는 소수에 속했고, 몇 안 되는 사람들과 팔로우를 했다.

사람들의 사진을 보고 '좋아요'를 누르던 중 놀라운 사실을 발견했다. 아이디를 보지 않고 사진만 보았음에도 불구하고 그 사진을 누가 올렸는지 알 수 있었다는 것이다. 이건 나만 가진 초능력이 아니다. 〈강남스타일〉로 유명한 싸이를 생각해보자. 싸이가 후속곡으로 〈나팔바지〉라는 노래를 냈다. 그리고 누군가 당신에게 처음으로 〈나팔바지〉를 들려준다고 생각해보자. 상대방이 굳이 싸이의 노래라는 것을 밝히지 않아도, 그 노래가 싸이의 노래라는 것쯤은 짐작할 수 있다. 앞에서 말했듯이 이것은 초능력이 아니라, 그저 한 사람에 대해서 알게 되는 것뿐이다. 인스타그램에서는 그 사람의 취향을 파악할 수 있다. 사진의 톤, 분위기 등에서 그 사람이 어떤 분위기를 품고 있는 사람일지 가늠할 수 있다. 그런데 요즘 많은 사람이 인스타그램을 말 그대로 '떠난다.' 떠나는 사람들의 특징은 아이러니하게도 이전부터 인스타그램을 자주 이용했던 사람들이라는 것이다. 왜 떠나는 것일까.

제삼자의 입장에서 글을 쓰는 것처럼 태연하게 굴지만 사실 나도 인스타그램을 잠깐 떠났었다. 약 두 달 전쯤에 내 피드에는 600장 정도의 사진이 있었다. 그 600여 장의 정사각 형태의 사진들이 차곡차곡 모여서 날 대신 표현해주고 있었다. 다시 처음의 문장을 상기시켜보자. '카메라는 실상 내가 찍히는 사물이다' 나는 그 600여 장의 사진들을 모두 삭제했었다. 그 이유는 날 드러내고 누군가에게 보이는 일은 생각보다 즐거운 일이 아님을 알게 되서였다. 아니, 정정한다. 드러낸다는 게 아니라 꾸며내기에 가까워지는 날 직면하는 일은 즐거울 수 없었다. 허세도 정도껏 부려야 재밌다. 나는 내 사각형이 근사해질수록 내가 근사해진다고 착각했으며 타인을 정사각형으로 판단하는 습관이 생겨버렸다. '이 사람은 진짜네. 이 사람은 껍데기네' 따위의 말을 하면서.

다시, 인스타그램을 한다. 이런 글을 길게 늘어놓고서 다시 한다는 게 바보 같지만 뭐, 바보 맞다. 외로우면 죽는 바보. 그리고 '이 SNS를 접으면 내가 찍은 사진과 글은 누가 봐주지?' 같은 생각도 들었다. 그래서 이제는 전에 부렸던 허세를 좀 빼고(아직 다 빠지진 않은 것 같다), 내 나름대로 진정성을 판단해서 사진을 업로드 한다. SNS 따위가 뭐라고 '피곤하게 산다' 할 수도 있지만, 나는 안다. 나와 비슷한 감정을 느끼는 사람이 한둘이 아니라는 것을. 그리고 그런 사람들을 만나면 슬쩍 물어본다. '혹시 텀블러는 안 하세요?'라고. 그러면 열에 세 명은 하고 두 명은 계정은 있다고 한다. 아마 텀블러가 좀 버벅대는 문제만 해결된다면 인스타그램에 다시 돌아오는 몇몇 사람조차도 사라지지 않을까 조심스레 예상해본다. 최근에 본 〈트루먼 쇼〉의 대사가 생각났다.

"다시 못 만날지도 모르니까 인사를 미리 해두죠.
굿 모닝, 굿 애프터눈, 굿 나잇 인스타그램!"

잇츠 뉴-트렌드
It's New trend

요즘 '소확행'이라는 말이 자주 보인다. '소소하지만 확실한 행복'이라는 문장을 줄인 말이다. 내 기억이 맞는다면, 이 문장은 무라카미 하루키가 먼저 표현했던 문장이다.

"생활 속에서 개인적인 '작지만 확실한 행복'을 찾기 위해서는 크든 작든 철저한 자기 규제 같은 것이 필요하다. 예를 들면 꾹 참고 격렬하게 운동을 한 뒤에 마시는 차갑게 얼린 맥주 한 잔 같은 것이다. 그러한 '작지만 확실한 행복'이 없는 인생은 메마른 사막에 지나지 않는다고 나는 생각한다."

이렇듯 문장이 세상에 표현되면 사람들은 공감하고 공감한 사람들은 '좋아요'를 누른다. '좋아요'가 눌린 게시물들은 공유되고 그 문장은 더 널리 빠르게 퍼져나간다. 그리고 그 문장은 이내 길거리에서 볼 수 있게 된다. 맛있고 저렴한 디저트 가게 홍보 간판으로도 볼 수 있고, 영화관에서 티켓 이벤트를 진행할 때도 볼 수 있고, 서점에서도 볼 수 있고 노래방에서도 볼 수 있고 술집에서도 볼 수 있다. 어디에서나 볼 수 있다. 왜냐면 이 문장은 유행이 됐으니까.

문장은 유행이 된다. 개그맨들의 '유행어'를 생각하면 쉽다. 개그맨들의 '유행어'는 어떤 적절한 상황에서 재치있게 상황을 넘길 수 있는 기능을 한다. 하지만 앞서 말한 '문장'이 유행이 되는 경우는 표면적으로는 그 문장이 유행되는 것처럼 보이지만 실제로는 문장이 아니라 감정이 유행되는 것 같다고 생각했다.

몇 년 전에 인문학 강의를 들은 적이 있었다. 그때 강의에서는 '취존(취향 존중)'이라는 말에 대한 분석이 있었다. 처음부터 끝까지 완전하게 기억나진 않지만, 요점은 이거였다. '존중'이라는 단어가 들어가 우아해 보이지만 사실 '취향 존중'이라는 단어는 이해를 포기하는 것을 선언할 때 쓰인다는 것이다. 더 이해가 되지 않을 때, 우리는 말한다. '너 이거 좋아한다고? 아… 취존할게^^' 더 이해하지 않고 대화를 끝내버리는 데에 '존중'이라는 단어가 사용되는 것이다. '취존'이라는 단어가 사용되면서 정말로 사람 간에 '존중'이라는 감정이 유행됐을까? 이때 유행했던 감정은 '무시'였다.

쿨(cool)이라는 단어가 유행할 때 사람들은 쿨-하려고 노력했고, 가성비라는 단어가 유행할 때 사람들은 합리적인 소비를 하려고 노력했고, 힐링이라는 단어가 유행할 때는 여행을 하려 했고, 선택 장애라는 말이 유행할 때 사람들은 자신의 우유부단함을 개선하려 노력하지 않았으며 소확행이라는 단어가 유행되는 지금은 작은 데서 행복이라는 이면을 찾아보려고 노력하고 있다. 이렇듯 우리는 유행하는 문장에 따라가려 노력한다. 언제까지 문장에 휩쓸려서 감정을 소비할까. 사람들이 누군가가 발화하는 문장에 감정을 기대면서 영원히 '좋아요' 버튼만 누르고 살까 봐 걱정된다. 따라 말하는 건 앵무새가 하는 행동이다. 앵무새의 문장에는 힘이 없다.

Our Portrait

얼마 전 일하는 건물에 유명 아이돌의 팬 사인회가 열렸다. 사람들은 그들이 입장하는 순간을 찍기 위해 입장도 하기 전부터 핸드폰을 들고 있었다. 직장 동료가 말했다.

"나는 진짜 이해가 안 가. 인터넷에 치면 고화질로, 예쁘게 잘 나온 사진이 얼마나 많은데 왜 사람들 사이에서 저러는지 이해가 안 돼."

나는 대답했다.

"저도요. 근데 뭐, 자기가 봤다는 걸 증명하고 싶어서겠죠? 오늘 찍은 저 사진을 보여주면 남들이 저들을 봤다는 사실을 믿을 테니까요."

내 졸업 작품은 '해시태그(#)'라는 작품이었다. 해시태그는 인스타그램에서 유저들이 원하는 정보의 피드만 골라 볼 수 있도록 만든 일종의 꼬리표 기능이다. 한창 해시태그 유행이 생기던 때였는데, 해시태그들에서 묘한 점을 발견했다. 태그를 눌러보면 정작 그 정보와는 관계없는 사진들이 많이 나왔다. 예를 들면 #상수동맛집 라고 검색하면 꽃 사진이 뜨기도 하고, 모르는 이의 셀카가 뜨기도 하고, 할리우드의 풍경 사진이 뜨기도 한다. 물론 정말로 상수동에 있는 맛있는 음식점의 먹음직스러운 음식 사진도 나온다. 나는 이런 현상이 흥미로웠고, 이 부분을 작업으로 풀어내기 위해 태그와 관련 없어 보이는 사진들을 모아서 프린트했다. 그리고 '사진을 꺼내 관람하고 다시 꽂아주세요'라는 지시문을 세워두었다. 사람들은 사진을 꺼내 보며 고개를 갸우뚱했다. 그럴 만도 했던 게 '#학교'라는 글자를 보고 꺼낸 사진에는 음료수가 나오고, 아기 사진이 나오니까. 그러면 나는 이 사진에 학교라는 해시태그가 사용된 그들의 상황을 설명했다. '이 분이 학교에 가는 길에 마신 음료수라고 합니다.' 그러면 사람들은 의심은 거두었지만, 객관적이지 않은 분류에 떨떠름해 했다. 온라인으로는 어색하지 않았던 상황이었는데 아날로그 형식으로 마주하게 하니 어색함이 두드러졌다. 근사한 작업은 아니었겠지만, 내가 느낀 이미지와 텍스트가 절대적이지 않음을 보여줄 수 있었던 작업이었다. 맹목적인 신뢰에서 생기는 아이러니함을 꼬집어 보여주고 싶었다. 나비라는 제목에 선풍기 사진이 있다면 그 선풍기를 나비라고 믿을까? 이런 명확한 불일치는 헛소리라고 제대로 판단할 수 있다. 하지만 실체와 태그의 간격이 좁아진다면 어떻게 될까? 보리차를 맥주잔에 담고 '#맥주'라는 해시태그를 달아버린다면? 우리는 보리차라고 의심이라도 할 수 있을까? 우리는 충분히, 그리고 완벽히 속을 것이다.

세상엔 점점 더 많은 이미지가 부유하고 많은 이미지를 본다. 나도 사진 찍는 것을 좋아하고, 다양한 시선을 가지는 것이 흥미롭고, 오히려 찬성하는 입장인데 가끔은 걱정된다. 언젠가 내가 찍은 사진들을 보면서 이 이미지들은 또 어디로 흘러가서 어떤 사실을 제공할 것이며 어떤 느낌이 들게 할까 걱정한 적이 있다. 아마 그때 처음으로 사진과 글에 진정성과 솔직함은 절대적으로 결여될 수 없는 항목이라고 느꼈던 것 같다.

"조지 오웰은 책을 금지당하는 걸 두려워하였지만, 헉슬리는 사람들이 책을 읽지 않아 금지할 이유가 없게 되는 것을 두려워했다.

조지 오웰은 정보를 차단당하는 것을 두려워하였지만, 헉슬리는 우리에게 너무 많은 정보가 주어져, 소극적이고 자기중심적으로 되는 것을 두려워하였다.

조지 오웰은 우리에게 진실이 전달되지 않을 것을 두려워하였지만, 헉슬리는 진실이 쓸데없는 정보의 바다에 수장될 것을 두려워하였다.

조지 오웰은 우리가 폐쇄적인 문화를 가질 것이라 두려워했으나, 헉슬리는 우리가 쓸데없는 것에 연연하는 문화를 갖는 것을 두려워하였다.

한마디로, 오웰은 우리가 증오하는 것들이 우리를 망하게 한다 생각했지만, 헉슬리는 우리가 좋아하는 것들이 우리를 망하게 하리라 생각했다"

이 글은 헉슬리의 사상에 가까운 마음으로 써보았다. 우리가 좋아하는 것들이 우리를 망하게 할 수 있다.

우리의 이미지들
Beautiful things don't ask for attention

며칠 전 밥을 먹는데 옆 테이블 여자들과 뒤 테이블 남녀 모두 어딘가 낯이 익었다. '어디서 본 사람들인가?' 하다가 인스타그램에서 본 사람들일 수도 있겠다는 생각을 했다. 난 2,000명이 넘는 사람들과 팔로우를 하고 있지만, 현실에선 모르는 사람들이 훨씬 많다. 그렇게 많은 사람의 사진을 보는데 기억이 스치는 게 신기했지만, 보통 내 또래들이 가는 지역이나 가게가 비슷하니까 또 그렇게 신기한 일도 아니었다.

요즘엔 개개인이 많은 이미지를 갖고 있다. 심지어 이미지에서 더 나아가 영상물도 많아졌다. 많은 사람이 평범하게 유튜버가 되고, 브이로그(Vlog)를 한다. 다들 본인에 대한 이미지를 많이 만들어내고 다양한 순간을 기록한다.

그 결과, 온라인에서 정말 다양한 사람들을 만날 수 있다. 우울한 사람, 키치한 사람, 재밌는 사람, 예쁜 사람, 사랑스러운 사람, 치명적인 사람, 쿨한 사람 등. 근데 또 다 비슷해 보인다. 그래서 이렇게 다양한 개인의 이미지들이 재밌다가 또 이렇게 된 시대가 측은하다.

사람들이 다 혼잣말하고 있는 것 같아서 그런가. 다들 나

좀 봐달라고 고함치는 것 같아서 그런가. 많은 이미지와 캡션에서 이따금 외로움이 느껴진다. 너무 센치한 해석인가? 시대는 점점 더 화려해지는데 사람들은 점점 더 외로워 보인다. 서울이 아니라 외딴 섬에 사는 것 같다.

영화 〈월터의 상상은 현실이 된다〉에선 인생의 목적이 '무수한 장애물을 넘어 벽을 허물고 더 가까이 다가가 서로를 알아가고 느끼는 것'이라고 말한다. 지금 시대는 장애물이나 벽 없이(물론 감정적인 장애물과 벽이라는 뜻도 있겠지만) 어렵지 않게 관계할 수 있는 화려한 시대가 되어 사랑이 어디에나 있어 보이지만, 어디에도 없어 보이기도 한다.

장국영은 세상을 떠나기 전에 '감정이 피곤해 세상을 사랑할 마음이 없다'라는 말을 남겼다. 난 세상을 살아가는 것 이상으로 세상을 사랑하는 일이 삶에서 아주 중요하다고 생각한다. 아직 미성숙해서 이렇게 바뀌어 가는 시대를 불편해하다가, 적응하다가, 사랑할 모습을 찾아보려는 행동을 반복하고 있다. 어깨에 힘 빼고, 유행만 흉내 내는 것이 아닌, 자연스럽고 정확한 태도로 쫓기듯이 많이 사랑하는 것 보다, 천천히 잘 사랑하고 싶다. 쉽지 않은 일들을 잘해보겠다고 나열해서 그다지 자신은 없지만 말해보고 싶었다.

시대가 너무 빠르게 변해 따라가기가 벅차지만, 그래도 바랄 수는 있는 거니까.

사랑으로 사랑을

좋은 전시나 카페가 있다는 이야기를 전해 들으면 늘 묻는다. '사람 많아?' 이유는 사람이 많으면 그 장소에서 들리는 셔터 소리와 스튜디오처럼 이용되고 있는 풍경이 싫어서다. 물론 나도 좋은 곳에 가면 핸드폰을 들어 사진을 찍긴 하지만, 과한 건 별로다. 그래서인지 때때로 좋은 분위기를 지닌 곳이라고 입소문이 난 공간들에는 '지나친 촬영은 삼가해 주세요'라는 안내가 따른다. 왜일까? 꼴 보기 싫어서? 안내의 핵심은 그들의 공간이 망가지는 걸 막기 위해서라고 생각한다. 그 공간을 정말 좋아하는 사람들이 사방에서 들리는 셔터 소리와 인생 사진을 찍고 있는 사람들에게서 불편을 겪게 되면, 그 공간이 너무 좋고 사랑스러워도 갈 때마다 망설이게 될 것이다. 좋은데, 좋지 않을 것 같아서. 사랑하는데 고통스러워서.

나는 영화 보는 것을 좋아한다. 그런데 영화관에는 잘 가지 않는다. 보통 집에서 보거나, 운이 좋아 때가 맞으면 영화제에 가서 보곤 한다. 북적북적한 영화관 분위기도 좋지만 진짜로 좋아하는 영화가 나오면 영화관에서 보는 관람 방식을 선택하지 않는다. 관객들의 태도 때문인데, 운이 좋지 않은 이상 영화관에서 영화를 보게 되면 적어도 한 명은 핸드폰을 켜서 화면의 불빛으로 눈이 부시게 만들고, 적어도 한 명은 옆 사람과 잡담을 나누기 때문이다. 이런 상황이 되면 속이 터진다. 좋아하는 걸 온전히 즐기지 못해서 속상하고 제대로 즐기지 못한 채로 영화관을 나서야 하니까 말이다.

전시장은 아무리 좋은 전시를 기획할지언정 이제는 스튜디오가 되버렸다. 전시장에서 남들 인생샷 찍는 걸 방해하지 않으며 그들 뒤에 서서 작품을 관람해야 한다. 대림미술관의 라이언 맥긴리 전시가 가장 대표적인 예로, 전시를 봤는데 대체 뭘 봤는지 기억이 나질 않는다. 라이언 맥긴리의 멋진 사진과 삶의 태도가 적힌 글들 모두 최악의 관람 경험으로 기억 속엔 껍데기만 남았다. 그래서 내가 결정한 태도는 '앞으로 대림미술관 안가'였다. 하지만 대림미술관이 무슨 잘못인가? 대림미술관은 열심히 기획해 라이언 맥긴리의 사진을 공간에 맞게 잘 전시했다. 대림미술관은 잘못이 없었다.
카페도 마찬가지다. 좋은 음악이 나오고 맛있는 커피를 내주는 멋진 카페가 듣는 소리는 '인스타충 카페'다. 이 소리를 왜 카페가 들어야 할까? 하나하나 정성 들여 준비한 카페가 들을 소리가 아니다. 카페도 마찬가지로 잘못이 없다.

그래서 좋은 전시나 좋은 공간들을 많이, 쉽게 알 수 있는 시대가 되었음에도 불구하고, 좋다는 사람이 많으면 한편으로는 의심하게 된다. 과연 그곳에 가서 좋다는 사람들과 같은 경험을 할 수 있을지에 대해 진짜일지 가짜일지 소용없는 저울질을 하곤 한다. 어디서부터 어떻게 잘못된 걸까? SNS의 폐해? 없지는 않겠지만, 단순히 거기에서 그치는 건 아닌 것 같다. 정말로 문제는 진짜로 사랑하는 게 아니라는 것이다.

'우리가 사랑하는 것들이 우리를 망하게 한다.'라는 헉슬리의 말. 이 말을 조금 비틀어서 '우리가 사랑하는 것들을 우리가 망하게 한다.'라고 말하려 했는데, 다시 생각하니 진짜로 사랑한다는 사람들의 태도가 이럴 순 없다. 사랑한다는 장소에 가서 그 장소를 즐기러 온 사람들의 경험을 망치고, 사랑한다는 영화를 보러 가서 영화를 보러 온 사람들의 경험을 망치는 게 정말 사랑하는 사람들의 태도일까? 정말로 전시를 보고 싶어 온 사람들은 사진을 찍으러 온 사람들 사이를 요리조리 피해 다니며 관람하고 미술관은 정신없는 포토존이 됐다. 영화관에서는 대화하러 온 사람들 사이에서 영화 속 대사들이 허공에 의미 없이 흩어진다. 즉, 진짜로 사랑하지도 않으면서 사랑한다고 다가가선 그 대상을 초라하게 만들어버린다.

내가 사랑하는 것들은 유형이 된다. 유형이 되면 유행이 되고, 유행이 되면 사라진다. 빈껍데기만 덩그러니 놓인다. 알맹이에 관심 있는 사람들은 마음이 답답해진다. 껍데기만으로도 괜찮다고 하지를 않나, 알맹이가 있든 말든 관심도 없지를 않나. 모든 것을 진지하게 생각하자는 꽉 막힌 소리를 하자는 게 아니다. 하지만 내가 사랑한다고 했던 것들을 진짜로 사랑하지도 않으면서 망하게 하고, 그것들이 사라진 후에야 하는 후회가 무슨 소용이 있을까? 대충 이 정도면 하트모양이니 사랑이라고 판단해 버리거나 다른 사람 모두와 비슷한 방식과 태도로 사랑을 흉내 내는 건 사랑이 아니다. 그런 사랑은 세상에 없다. 착한 건 나쁜 게 아니라는 노래 제목처럼 사랑은 그런 게 아니고, 착한 건 착한 거라는 노래 가사처럼 사랑은 사랑이다. 사랑은 사랑이다.

나의 편린(片鱗)

때는 초등학교 3학년쯤. 집 주변에는 놀이터가 여러 개 있었는데, 그중 그네가 3개 있는 놀이터가 있었다. 그날은 그네가 3개 있는 그 놀이터에 가고 싶었다.

날씨가 흐렸다. 흐린 날씨 때문인지 놀이터에는 다른 아이들은 없었고 나와 친구 둘밖에 없었다. 미끄럼틀도 타고, 구름다리도 걸으면서 재미있게 놀았다. 그네를 타고 싶었는데 가운데 그네에 웬 아저씨가 앉아있었다. '어 친구랑 옆에 나란히 타고 싶은데.' 그때는 친구랑 옆에 나란히 앉아서 타는 게 중요했다. 그래서 타지는 못하고 주변을 어물쩍거리는데 아저씨는 비키지 않았다. '그네 타고 싶은데. 아저씨가 비켜주었으면 좋겠다.'라고 마음속으로 생각하던 찰나, 아저씨가 나에게 "몇 살이니?" 물었다. "열한 살이요." 그러자 갑자기 내 손을 움켜잡고는 연신 "괜찮아… 괜찮아…" 라고 말했다.
그때 내 손에 닿았던 건 다름 아닌 늙은 남자의 성기였다.

내 생에 그렇게 절박한 심정으로 달려본 적이 없었다. 친구를 잡고 집까지 얼마나 뛰었는지. 집에 가자마자 마당에 있는 수도꼭지를 틀고, 울면서 몇 분 동안이나 물로 손을 씻고 또 씻어냈다. 정확히 말하자면 그 순간을 너무 씻어내고 싶었다.

살아가는 데 지장이 있을 만큼 트라우마였던 것은 아니지만, 이 일은 많은 것을 공유했던 친구들에게도 오랜 시간이 지나고 나서야 말할 수 있었다. 사실 어릴 때 이런 일이 있었는데, 나중에 자식 낳으면 불안해서 놀이터에 보내겠냐며 씁쓸한 웃음으로 마무리했다. 이 외에도 나는 지하철에서 몰래 도 · 촬을 당할 뻔한 적도 있고 그래선 안 되는 사람이 키스하자고 졸라댔던 적도 있었으며, 술자리에서 유부남이 끈적하게 술 한잔하자고 했던 적도 있었다. 이 외에도 자잘하게 겪은 일들이 너무나 많지만 그걸 나열하는 것에 그다지 큰 의미는 없을 것 같다.

내 삶에서 이런 일들이 일어난 후부터, 여성이 성적으로 피해를 당하는 뉴스가 눈에 더 잘 띄었다. 그런데 뉴스에 나오는 피해자가 입은 피해는 너무나도 잔인하고 참혹해서 가끔 나에게 있었던 일은 너무 시시한데 과민하게 생각하는 것인가 하는 멍청한 생각을 한 적도 있었다. 왜 그 정도 상처는 아프다고 말하면 안 된다고 생각했는지. 왜 그 정도 아픔은 끌어안고 살아야 마땅하다고 생각했는지.

여성을 성적인 물체로 여기는 사회가 싫으면서도 여성을 성적인 물체로 생각하는 건 다름 아닌 나였다.

사람들이 나를 우울한 기억이 있는 슬픈 애로 봐주길 바라는 게 아니다. 나같이 '이 정도 일들은 여자들 다 겪고 살지'라는 생각을 하는 사람들이, 자신이 여성이라는 사실만으로 그런 것쯤은 끌어안고 살아야 하는 존재라고 단념하지 않길 간절히 바란다.

1

초등학교 3학년 때의 일로 기억한다. 우리 반에는 다문화가정 애가 한 명 있었다. 다수의 아이들과 생김새가 달랐다는 이유로 은근히 따돌림을 당했다. 생각해보면 그때 그 애가 뭔가 잘못한 것 없이 미움을 받는 게 이상하다고 생각하면서도 분위기에 휩쓸려서 그 애한테 상냥하게 군 적이 없었다. 3학년 때 담임선생님은 정말 안 좋은 사람이었는데, 어느 날은 교탁에 서서 머리를 하루에 한 번 감는 사람은 손을 들라고 했다. 다수의 아이들의 손을 들었다. 이어서 이틀에 한 번 감는 사람은 손을 들라고 했다. 아까보다 적은 인원이 손을 들었다. 그리고는 그 다문화가정 아이를 쳐다보며 '일주일에 한 번 머리를 감는 사람은 너 하나야. 머리 하나 감는데 30분이 걸리니 1시간이 걸리니?'라고 말했다. 너무 충격이었다. '지금 선생님이 뭘 한 거지?' 그런데 그게 끝이 아니었다.

하루는 촬영 카메라 여러 대가 우리 반 앞에 준비돼있었다. 방송국에서 나왔다고 했고, 찍는 대상은 그 다문화가정 아이였다. 아이들은 '그 볼품없는 애를 왜 찍어?'라는 표정을 지으며 무슨 프로그램이냐고 물었다. 〈인간극장〉이라는 프로그램이었다. 아이들의 반응은 '아'라는 외마디였다. 선생이라는 인간은 평소보다 역겨운 화장두께를

선보이며 교탁에 섰다. 스승의 날 나의 엄마가 돈을 들여 사준 브로치를 하고 선, '이 브로치 누가 준거지?'라고 물었다. 손을 들까 말까 고민하다가 손을 들었다. 날 보며 지그시 미소를 지었고 반 아이들은 '오~'라는 반응을 보였다. 선명하게 기억하는데, 그때의 난 하나도 기쁘지 않았고, 우월감, 만족감 따윈 느끼지 못했다. 창피했고, 더러웠다. 그날 애들은 카메라 앞에서 다문화가정 아이랑 친하게 장난을 치는 모습을 보였다. 머릿속이 복잡했다. 방송분을 챙겨보았는데, 화면 속에서 선생은 역겨운 화장과 내가 준 브로치를 달고선 '그 친구는 참 밝고 아이들과도 잘 어울려요.'라는 헛소리를 해댔다. 마음속으로 '아니면서, 아닌 거 알면서'라고 말했다. 방송을 보다가 수치스러워져서 TV를 껐다.

10년도 더 지났지만, 가끔 일상을 보내다가도 문득문득 이 일이 아직도 생각나곤 했다. 지난날에 어리고 무지해서 편협한 사고로 틀린 태도를 보였을 수도 있다고 생각했다. 나도 사람인데. 사과도 할 수 있지 않을까. 늘 사과하고 싶다고 생각했다. 그 애한테 정말 끔찍한 기억이라 꺼내고 싶지 않을 수도 있을 것이라 생각했다. 하지만 이 글이 언젠가 돌고 돌아 그 친구에게 전해져 '그래도 미안해하는 사람이 한 명은 있네.'라고 슬쩍 짓는 미소를 희

망하는 이기적인 마음이다. '사람이면 그러면 안 됐던 건데. 미안해.'

2

중학교 때 단과 학원에 다녔었다. 확실하진 않지만 아마 월·수·금을 나갔던 거로 기억한다. 어느 금요일 학원에 가기 전, 집 전화가 울렸었기에 기억하고 있다. 외할아버지가 위독해서 시골에 가야 하니 집에서 기다리라는 엄마의 말이었다. 아무래도 예감이 좋지 않았다. 오랫동안 아프던 외할아버지께서 위독하다는 것. 이 말은 외할아버지가 죽음에 가까이 있다는 이야기였다. 나는 학원에 전화하고 날 구석구석 뜯어봤다. 엄마가 언제 오실지는 모르지만, 옷 갈아입을 시간 정도는 있는 것 같아 옷장을 봤는데 마땅히 입을만한 검정 옷이 없었다. 그래서 아쉬운 대로 신고 있던 흰 양말을 벗어 검정 양말로 갈아 신었다. 비록 작게 곰돌이가 그려져 있긴 했지만 그래도 흰 양말보단 낫다고 생각했다. 시골에 가는 도중에 외할아버지가 돌아가셨다. 본인의 아버지가 돌아가셨다는 소식을 들은 엄마는 조금씩 울었다. 병원으로 가던 차는 장례식장으로 방향을 틀었다. 머리털 나고 처음 가는 장례식장이었다. 영화나 드라마 같은 데서 보던 것처럼 할아버지의 사진이 가운데 걸려있고, 검은색 양복을 입은 친척들이 여기저기에 있었다. 유가족 방에 앉아있는데 막내 이모가 왔다. 막내 이모는 분홍색 야구모자에 찢어진 청바지를 입었고 네일아트를 한 화려한 손톱에 운동화를 신었다. '아 일 끝나고 바로 오셨구나.'라고 생각했는데, 몇몇 어른들이 바로 의상을 나무랐다. 내 예상대로 이모는 일이 끝나고 바로 와서 그렇다고 했지만, 어른들은 아무리 그래도 어떻게 이렇게 입었냐고 한 마디씩 더했다. 하지만 난 알고 있었다. 막내 이모가 매일매일 퇴근하고 할아버지의 수발을 들으러 경기도 안산에서 충남 태안까지 갔다는 사실을. 근데 이건 나만 알고 있는 비밀 같은 게 아니었다. 어른들은 나보다 더 잘 알고 있었으면서, 할아버지를 서로 모시라고 떠넘기더니 정신 승리를 하기 위해 멀쑥하게 검은색 양복을 입고선 사람인 척하고 앉아있었다. 막내 이모의 옷이 장례식장에 객관적으로는 적합하지 않았지만, 이모가 할아버지를 그런 마음으로 여기지 않는다는 것을 충분히 알면서. 충분히 알면서도 그렇게 쏘아붙였다.

장례식은 금요일, 토요일, 일요일을 걸쳐 진행되고, 잘 마무리되었다는 표현이 이상할 수는 있지만 마무리가 잘 되었다. 월요일이 되었고 나는 학원에 갔다. 금요일에 빠진 터라 옆에 앉은 친구한테 몇 페이지를 펴야 하냐고 물어봤던 것 같은데 그걸 듣고 수학 선생이 내가 빠졌던 게 생각이 났는지 갑자기 '할아버지가 위독한 데 네가 가서 뭘 해?'라고 말했다. 말투가 마치 아픈 할아버지를 네가 낫게 해줄 수 있는 것도 아닌데 왜 결석을 했냐는 거였다. '돌아가셨어요.'라고 대답했다. 선생은 당황했고, '아… 돌아가셨어?'라고 말했다. 나는 한 번 더 '네 돌아가셨어요.'라고 말했다. 수업을 듣는 내내 아까의 말이 맴돌았다. 내가 가서 뭘 하냐고. 내가 아픈 할아버지를 낫게 해줄 수 있는 것도 아닌데 가서 뭘 하냐고. 낫게 해줄 수 있는 게 아니면 가면 안 되는 건가. 그럼 난 그러지 않았으니까 틀린 건가. 아닌데 따져보면 엄마가 날 데리고 간 건데, 그럼 우리 엄마가 틀렸다는 건가. 수업이 끝나고 집에 와서도 분했다. 돌아가셨다고 하니까 그제야 표정을 바꾸는 수학 선생이 어이없었다. 난생처음 가보는 장례식장에서 내 엄마가 울고, 아무것도 없는 벌판에서 아이처럼 우는 엄마를 달래는 내 마음이 얼마나 어려웠을지 알지도 못하면서. 잘 알지도 못하면서.

할아버지의 죽음은 그간 악화되는 할아버지의 상태에서 짐작할 수 있었지만, 할아버지를 떠넘기던 본인들의 행동을 잊기 위해 남을 헐뜯는 친척들과 할아버지를 살리지도 못할 거면서 결석을 한다고 비아냥하는 선생이 있을 줄은 몰랐다. 그래서인지 할아버지의 죽음을 생각하면 할아버지보다 이 일들이 먼저 떠올라서 좀 억울하다.

바람이 있다면 첫째는 이 '100번을 생각해도 이상한 이야기'가 오늘로써 막을 내렸으면 하는 것, 두 번째는 내가 어른(물론 지금도 성인이지만)이 되었을 때 지금의 나처럼 이런 글을 쓰느라 머리를 쥐어짜는 젊은 사람이 없었으면 하는 것이다.

오늘은 버스를 기다리다가 고등학교 친구를 만났다. 시시콜콜 연락할 만큼 친근한 사이는 아니지만, 버스에서 내리기 전 좋은 어른이 되자는 약속과 악수를 하고 헤어졌다.

셋,

:

사실은
아무 일도
일어나지
않는다

아무튼 나도 교회를 다녔다

새로운 사람을 만나면 종종 이런 말을 듣는다. "상은 씨는 교회 안 다니죠?" 그럼 나는 대답한다. "네 맞아요. 안 다녀요." 나도 안다. 겉모습과 행동에서 보이는 모습이 교회라는 곳의 이미지와 꽤 거리가 있다는 걸. 하지만 내가 교회에 한 발짝도 들인 적이 없던 것은 아니다. 교회를 다녔었다. 지금으로부터 한 15년 전쯤? 아니 더 오래 전일 수도 있겠다. 아무튼 나도 교회를 다녔었다.

초등학생 때 좋아했던 남자친구가 모태신앙이었고 그 친구가 나에게 교회에 나오지 않겠냐고 했다. 교회가 어떤 곳인지는 상관없었다. 그냥 그 친구랑 같이 있고 싶었기 때문에 흔쾌히 나가겠다고 했다. 엄마에게 앞으로 친구랑 교회에 다닐 것이라고 말했다. 일요일 아침 9시까지 교회에 가야 하니 깨워달라고 부탁했다. 처음 교회에 가기 전, 기억이 정확하지는 않은데 엄마가 나에게 약간의 돈을 주었던 것 같다. 돈을 왜 주냐고 물었고, 엄마는 헌금으로 내야 한다고 대답했다. 헌금이 뭔진 몰랐지만, 아무튼 그 돈을 쥐고 교회에 갔다. 이런저런 차례가 지나고 엄마가 일러준 헌금 시간이 되었다. 나는 돈을 넣었다. 뭔가 부자연스러워 보이긴 했으나 이게 이상한 상황은 아닌 듯했다.

여러 친구와도 친해졌다. 그리고 친한 친구들을 전도했고 예배가 끝나면 다 같이 기도실이나 근처 놀이터에 가서 한낮까지 놀다가 집으로 돌아갔다. 예수님이니, 하느님이니 하는 목사님의 말씀은 귀에 들어오지 않았다. 그저 두 시간 남짓한 예배 시간이 끝나면 달란트 한 장을 받고 친구들과 보내는 즐거운 일요일이었다. 그렇게 시간이 흐르면서 중학생이 됐다. 점점 교회가 따분해졌다. 헌금도 아까웠고, 시간도 아까웠고, 아침에 일찍 일어나는 것도 하고 싶지 않았다. 그래서 아홉 시가 임박한 시간에 대충 집히는 옷을 입고 저금통에서 500원 동전 하나를 꺼내 주머니에 넣고 교회에 갔다.

성탄절도 재미가 없었다. 예수님이 태어난 날에 보이지도 들리지도 않는 사람을 위해서 왜 재롱을 떨어야 하는지 알 수 없는 노릇이었다. 친구들과도 더 놀지 않았다. 친구들은 내가 데려갔는데 나보다 더 흥미를 붙여 성가대도 하겠다고 하는데 나는 하지 않겠다고 했다. 학교 끝나고 성가대 연습하는 모양새가 영 없어 보였고, 그냥 집에 가서 쉬고 싶었다. 이렇게 흥미란 흥미는 다 떨어져 갈 무렵, TV에서 우연히 〈반올림 3〉을 보게 됐다. 옥림이가 나오는 편은 아니지만, 무척 재미있었다. 그게 딱. 일요일에 내가 교회에 가는 시간이 본방송시간이었다. 나는 더더욱 교회에 가고 싶지 않았다. 왜냐면 지금처럼 다시 보기 서비스가 잘 되어있지 않던 시절이라 본방송을 놓치는 것은 꽤 타격이 컸기 때문이었다. 그래서 점점 교회에 가지 않는 날도 생겼다. 그리 늦은 것도 아닌데 그냥 늦게 일어났다고 말하며 TV 앞에 앉았다.

그러던 어느 날이었다. 발톱에 무슨 큰 문제가 생겨서 못 걷는 건 아니었지만 걷는 게 불편했다. 좋은 핑계라 생각하고, 교회에 선수를 쳐 연락했다. "발가락이 아파서 못 갈 것 같아요." 돌아오는 대답은 "못 걸을 정도니?"였다. 그리고 이어서 한 말은 "그럼 버스 타고 오면 되지 않니?"였다. "발이 걸을 때 아프다고요. 그리고 거기 가는 버스 없어요."라고 짜증을 섞어 말한 뒤 전화를 끊어버렸다. 이후로 교회에 가지 않았다. 아픔을 헤아려주는 것보다 무조건 나오는 게 먼저인 그딴 곳에 가고 싶지 않았다. 그 일로 교회를 싫어하는 입장으로 변했고, 교회니 예수니 목사니 하느님이니 하는 것들은 멍청하고 어리석은 것이라고 말하고 다녔다.

그렇게 고등학교를 졸업하고, 성인이 됐다. 이런저런 감정도 많이 마주하고, 인정하고, 만나고 헤어지고 많은 일을 겪다 보니 세상에 내가 혼자라는 것을, 난 아무것도 아니었음을 알게 됐다. 그런 사실들을 알게 되면서 점점 슬픔을 많이 느끼게 됐고, 기댈 데 없이 휘청이며 서 있게 됐다. 외로움과 상실감으로 지치는 날이 많아졌다. 그래서 어떤 순간에 무언갈 순수한 마음으로 사랑할 수 있다면 좋겠다고 생각했다. 영원하고 확실한 사랑을 받았으면 좋겠다고 생각했다. 사랑할 게 필요했다. 그러다 문득 '아 사람들이 이래서 교회를 다니는구나.'라는 생각이 들었다.

영화 〈미드나잇 인 파리〉에서 헤밍웨이는 이런 말을 했다.

"진실된 진짜 사랑은 죽음에 대한 구원이 되어준다고 믿는다네. 모든 두려움은 사랑하지 않거나 제대로 사랑하지 않는 것에서 나오지… 모든 이들에게 그렇듯 다시 죽음의 두려움이 돌아오기 전까지, 열정이 충만한 사랑으로 죽음을 그들의 마음에서 몰아낼 수 있기 때문이지."

나도 헤밍웨이의 마음과 같이 사랑이 주는 감정 중 가장 끝에 있는 것은 '죽음에 대한 두려움을 없애 버리는 것'이라고 생각해왔다. 하느님을 믿고 예수를 믿는 사람들은 죽으면 천국에 간다고 믿지 않던가. 신의 응답을 받은 것으로 생각하지 않는가. 그것 자체가 구원이 아닐까. 그 믿음으로 죽음에 대한 두려움이나 홀로 남겨진 듯한 고립감 같은 걸 모르고 살아갈 수 있다는 것. 이 모든 끝에 있는 게 죽음이 아니라 환희와 구원이라고 믿는 것. 그게 바로 구원 아닐까.

언제는, 모르는 사람이 교회를 다니냐 물어서 다니다가 그만뒀다고 했다. 이유를 묻기에 "믿음이 안 생겨서요." 라고 대답했다. 믿고자 한다고 해서 믿음이 생기는 건 아닌 것 같다. 믿을 수 있는 건 능력이자 축복이라고 생각한다. 이제는 하나님이나 예수님 존재 유무는 궁금하지 않다. 그저 일요일 아침마다 그 존재를 믿으며 꾸준히 나가는 그 마음을 가지고 싶을 뿐이다. 연약한 사람들이 종교에 기대어 산다고 생각했는데, 그 사람들보다 약한 건 무엇도 믿지 못하는 나였다. 무엇을 믿던 중요하지 않다. 중요한 건 믿을 수 있음이다. 나는 믿음을 믿는다.

솔직해서 비밀이 많아졌다

나는 늦둥이로 태어났다. 위로 오빠가 한 명 있는 데 13살 터울이 난다. 13살이라는 말을 들으면 실감이 안 나겠지만, 내가 7살 때 오빠는 20살이었다. 부모님은 맞벌이였고, 오빠와도 생활패턴이 전혀 맞지 않아 혼자 있는 시간이 많았다. 혼자서 시간을 보내는 게 처음엔 무서워서 집에 돌아오면 우는 일이 일과였는데, 몇 번 울어보니 아무리 울어도 엄마 아빠는 퇴근 시간이 돼야 온다는 걸 알았다. 즉, 울어도 소용없다는 걸 알았다. 그래서 혼자 있는 시간에는 뭐라도 계속 생각하려고 했다. 있었던 일, 좋은 노래 같은 거 말이다.

좋은 건지 나쁜 건지 그렇게 혼자 있는 시간이 편해졌다. 자라면서는 부모님이 집을 비우는 날이 생기면 내심 좋아했는데 엄마는 그걸 눈치채고 서운해 했다. 딱히 일탈이나 비행을 하는 것도 아니었다. 그냥 혼자 고요함 속에서 〈윤도현의 러브레터〉를 불 끄고 보는 게 좋았다. 어쩌면 이게 더 서운한 부분일 수도 있다. 딱히 하는 것도 없는데, 없으니까 편안해하는 거. 교복도 입고 학원도 다니게 되면서는 어느 정도 가족들과 생활패턴이 맞춰졌다. 나는 학원, 오빠랑 부모님은 퇴근. 그리고서 집에 오면 다들 얼추 시간이 맞았다. 즉, 혼자 있을 수 있는 시간이 적어졌고, 나에겐 사춘기가 찾아왔다.

내가 처음으로 우울감을 느꼈을 때는 초등학생 때였다. 남들보다 빨리 느낀 건지, 남들과 비슷한 시기에 느낀 건지는 모르겠다. 이런 이야기는 딱히 꺼내 본 적이 없으니까. 학교가 끝나고 집으로 돌아가는 어느 날이었다. 갑자기 번뜩 오늘은 어제와 같고 어제는 엊그제와 같은 하루를 보냈다는 사실을 알았다. 그렇다면 내일도 같을 거라는 생각에 나의 표정이 시무룩해졌다. 그렇게 눈물이 그렁그렁 고여선 어두운 낯빛으로 집에 돌아왔다. 엄마는 그런 날 보고 무슨 일이 있냐고, 학교에서 혼났냐고 물었다. 무슨 일이 없어서 그렇다고 말하는 게 맞는 건지 몰라서 그냥 기분이 안 좋다고 대답을 얼버무렸다.

초등학생 때 그런 감정을 느꼈으니, 사춘기가 찾아왔을 때는 더 엉망진창이었다. 집에만 오면 가방을 내려놓고 엉엉 울었다. 공부는 하기 싫은데 하고 싶은 것도 딱히 없었다. 어디서도 소속감을 느끼지 못하니 어디에서도 안정된 모습으로 있지를 못했다. 불안정한 내 모습이 싫었고, 불안정한 모습을 숨기려고 노력했다. 말이 노력이지 매 순간 연기를 했다. 그러니까 연기했다는 건, 거짓으로 행동했다는 말이다. 학원에 가야 엄마가 안심하니까 학원에 갔고, 학원에선 숙제를 내주니까 늘 숙제를 했는데, 난 숙제를 한 적은 없다. 답안지를 보고 베끼거나 적당히 고민하고 문제를 푼 듯이 흔적을 꾸며서 제출했다. 그러니 성적은 하위권이어서 발송되는 성적표는 내가 챙기고, 엄마에겐 위조된 성적표를 보여주어 안심시켰다.

이렇게 계속 살다 보니 어느 순간 좀 지긋지긋해졌다. 맨날 거짓말하고 과장하거나 아무것도 아닌 척하는 연기도 지겨웠다. 머리가 커져서 그런 진 몰라도 그렇게 신경 쓰고 싶지가 않았다. 그래서 엄마에게 수학 과목은 어려워서 못하겠다고 말하고, 내 점수 생각하면 수학 학원비 낭비니까 수학 학원은 그만 다니겠다고 했다. 학교에서는 야간 자율학습이 하기 싫은 날이면 담임선생님께 찾아가 너무 하기 싫으니 제발 집에 보내 달라고 했다. 예전의 나였으면 또 그럴싸한 거짓말을 만들어 연기했을 거다. 가족 행사가 있다는 둥, 병원에 가야 한다는 둥. 선생님께선 다음엔 꼭 하라고 했고, 정말로 다음 자율학습에 참여했다. 그렇게 별다른 계기 없이 거짓말은 내 인생에서 사라져갔다.

근데 또 완전하게 사라진 건 아니었다. 중학생 때부터 사진을 하고 싶어 했는데, 부모님은 반대했다. 그래서 난 사진에 그다지 관심이 없는 척 학창 시절 내내 연기하고 살았다. 그래서 내 점수로 갈 수 있는 가까운 대학에 합격한 상태에서 예대 수시 2차 모집에 부모님 몰래 지원했다. 그런데, 이럴 수가. 운이 좋게 붙어버렸다. 이렇게 되었으니 또 솔직하게 말해야 했다. 사실 예대를 지원했고, 붙었다고. 여기로 가고 싶다고. 부모님은 내 앞날을 걱정하셨지만, 내 마음에 져주었다.

여차여차 성인이 되니 더 거짓말을 할 일도 없었다. 어느 날엔 홍대에서 술을 마시다 눈을 떴는데 집이었다. 처음으로 필름이 끊긴 날이었는데 엄마는 내 방바닥을 닦고 있었다. 엄마의 눈빛에서 살기가 느껴졌다. 그 와중에도 술이 안 깼다. 심지어 오른쪽 신발은 사라졌다. 이런 상황까지 일어났으니 거짓말 같은 건 더는 소용없었다. 솔직하게 말하고 죄송하다고 한 후 한동안 자중했다. 사춘기는 끝났지만 '졸업 후 방황'이 나를 찾아왔다. 사춘기 때 좋은 친구들을 만나며 사라진 줄 알았던 우울감은 게임에서의 마지막 단계의 보스 몹처럼 더 커지고 강력해져서 찾아왔다. 사회 초년생이었던 나는 속수무책으로 당했고, 처참하게 패배했다. 하지만 나의 패배를 부모님이 눈치채게 할 순 없었다. 이제 성인인데 내 감정은 내가 컨트롤하는 게 맞다고 생각했다. 그래서 난 식사 시간엔 식사만 했고, TV를 볼 땐 TV만 봤다. 솔직해져 버린 나는 솔직하게 표현할 수밖에 없어졌으니까, 어떤 말도 할 수가 없었다.

그렇다. 솔직해서 비밀이 많아져 버렸다. 내 나름대로 삶을 버티는 방식인데, 좋은 방법인지는 지금까지도 판단이 안 된다. 일정 나이를 먹고 나면 다들 이렇게 지내는 거 같기도 하고, 어쩌면 혼자서 시간을 보내야 했던 나의 유년 시절 방식이 여전히 나를 떠나지 못한 것일 수도 있다. 나이를 먹으면서 돈도 내 손으로 벌고, 할 줄 아는 것도 많아져 걱정되는 게 없어졌지만, 다른 종류의 걱정이 많아졌다. 그래도 같이 오랜 시간을 보내니 가족은 이런 나를 아는 것 같다. 솔직하고, 비밀이 많은 막내딸. 곧 집에 가기로 했다. 당장 다음 주 식탁에서 어떤 말도 못 하겠지만, 늘 가지고 있는 부채감으로, 조용하게 불이 꺼진 내 집에서 나는 이렇게 또 비밀스럽게, 가족들 몰래 가족들 이야기를 쓴다.

언해피 버스데이
Unhappy Birthday

생일을 싫어한다. 원래부터 싫어했던 건 아니었다. 예전에는 좋아했다. 끔찍하게 좋아했다. 아꼈다고 해야 할까, 11월이 되기만 해도 기분이 들떠 이번 달 26일은 내 생일이라고 동네방네 떠들고 다녔다. 언제나 듣기 좋은 축하 말, 맛있는 케이크와 어색하지만 참고 들어보는 생일 노래, 손이 부족해서 품에 가득 안아야 했던 선물들. 게다가 생일 즈음엔 눈이 자주 왔는데 그 눈이 첫눈이었던 적도 많았다. 마치 날 위한 눈 같았다. 하늘에서 축하해주는 거 아니냐는 말도 이따금 들었으니까. 정말이지 모든 게 좋았다.

그렇게 좋아했던 생일을 싫어하게 된 것은 고등학생 때였다. 가족들한테 서운한 축하를 받았던 적이 있었다. 가족 뒷담화가 포인트는 아니니까 간단하게 이야기하면, 학원을 마치고 저녁에 집에 들어갔는데 집이 텅 비어있었다. 케이크는 냉장고에 있었다. 다들 그럴만한 일이 있어서 그랬던 게 아니라 그래도 상관없을 거라고 생각했던 것 같다. 나는 속상해서 반항의 마음으로 케이크를 먹지 않았다. 돌아온 가족들이 왜 안 먹었냐는 질문에는 그럼 내가 꺼내서 혼자 초 불고 잘라 먹냐고 반문했다. 서운한 부분을 이야기했는데 가족들은 미안하긴 한데 그걸 뭘 그렇게 이야기하냐고 그만하라고 했다. 케이크가 사라질 때까지 우리 가족은 한동안 서먹하게 지냈다.

그 무렵부터 11월이 되면 설레던 마음이 불안으로 바뀌었다. 생일이 다가올수록 예민해졌다. 언제는 생일 전날에서 생일로 넘어갈 때, 스트레스를 너무 받아서 두통이 왔다. 열두 시 땡 하고 오는 축하 메시지를 보고 나서야 편히 잠들 수 있었다. 그러니까, 그때부터 축하에 목을 매기 시작했다. 다른 사람들 생일을 그렇게 열심히 챙겼다. 늘 더 좋은 선물을 주고 싶어서 고민에 고민을 거듭해서 선물을 골랐고, 주머니 사정이 넉넉하지 않은 때에도 웬만하면 뭐라도 챙기려고 노력했다. 하지만 이렇게 행동했던 건, 내가 그렇게 축하를 받고 싶어서였다. 11월 하루를 위해서 나의 열두 달을 투자했다. 바보 같은 거 아는데 그렇게 살았다. 그래야 생일날에 웃을 수 있을 것 같았으니까. 그런데 보상심리라는 부작용이 있었다. 내가 들인 노력에 비해서 축하가 모자란다는 생각이 들었다. 축하를 받아도 괜히 서운해졌다. 어쩌면 이렇게 이기적인지. 축하를 받으려고 축하한다는 건 말하자면 가짜 축하니까 상대방에게 해서는 안 될 짓이라는 걸 모른 체했었는데, 인정하기로 했다. 이제는 마음 받으려고 마음 주는 짓 하지 말자고 다짐했다.

그렇게 마음을 먹으니 가장 먼저 달라진 건 내 생일을 떠벌리는 행동을 멈췄다. 어쩌다 누가 물어볼 때만 대답했는데, 대답한 후엔 상대방이 잊어버리기를 소원했다. 카카오톡에서 생일날에 '생일인 친구'를 달고 맨 위로 올라오는 불상사를 겪지 않기 위해 있는지도 몰랐던 카카오스토리 계정도 찾아서 삭제하고, 친구에게 내가 생일인 거 안 뜨는지 확인 좀 해달라고도 했었다. 다시 생각해보니 생일이 뭐가 그렇게 대단한 날이라고 특별하게 여겨 온 걸까 싶었다. 태어난 게 뭐 자랑이라고. 내가 뭐 특별하다고. 우스웠다. 받고 싶은 선물에 대한 욕심도 없어졌다. 내가 갖고 싶은 건 내가 돈 벌어서 사면 되고, 그럴 수 없을 만큼 고가의 물건은 가지고 싶었던 적이 없었다. 그래서 뭐가 갖고 싶냐는 질문에는 아무것도 가지고 싶지 않다고 대답했다. 마지막으로는 생일날 근무를 해도 괜찮아졌다. 전에는 생일날에 늘 스케줄을 요청했었다. 아무것도 하지 않는다고 해도 내가 나에게 주는 특별한 선물처럼 말이다. 하지만 이젠 생일날에 근무해도 말없이 조용히 출근하고 퇴근한다.

작년 생일날엔 무얼 했는지 정말 기억이 나질 않는다. 아, 생각났다. 근무했었다. 그것 말고는 집에 가서 혼자 맥주는 마셨는지 어쨌는지 하나도 기억이 나질 않는다.

어쩌면 생일날 온전히 행복으로만 가득하게 보내길 바라는 건, 애초에 사치스러운 생각이 아니었을까 싶다. 내 존재에 대한 축하와 사랑이 확인되는 날이어서 더 많이 무서웠고, 더 많이 슬펐다. 11월에게 그렇게 특별히 여겼으면서 이제는 무엇보다도 싫어하게 돼서 미안하다고 말하고 싶고, 끝으로 내가 축하받고 싶어서 텅 빈 마음으로 축하했던 모든 사람에게도 미안하다고 전하고 싶다. 정말로 미안합니다.

어제의 사물들

옷과 신발을 사게 되면 새것일 때의 컨디션을 유지하기 위해 하는 모든 행동을 일절 하지 않는다. 책도 그렇다. 가지고 다닐 때는 이것저것 다 들어간 가방에 쑤셔 넣어 모서리 여기저기가 해지고, 읽으면서 좋은 부분은 펜으로 밑줄도 치고, 책날개가 없으면 페이지를 접어놓기도 한다. 내가 이렇게 행동하는 이유는 사물이 내 손을 타는 모습을 보는 게 좋아서다. 처음 같은 새 상품의 퀄리티가 아니더라도, 그 스크래치와 주름 모두 나와 함께 한 히스토리 같아서 나에겐 그 모습이 더 아름답게 느껴진다. 남들과 같은 공산품일지라도, 나를 투영해 그 사물에서 과거와 과거의 나를 느끼고 싶었다. 사물이 사물로서 기능하기보다 그 이상을 바라던 내 마음이 뭔갈 찾아내고 싶었던 것일 수도 있다.

언젠가는 사진을 불로 태운 적이 있었다. 잊고 싶은 시간이 담겨있던 사진이라 불에 태웠는데 막상 불에 타고 있는 사진을 바라보고 있노라니 내가 틀렸다는 생각이 들었다. 재빨리 물을 뿌렸다. 멍하니 타다 만 사진을 몇 초간 바라보다 사진을 꺼내 북북 찢어서 쓰레기통에 버렸다. 그때 알았다. '아 사진은 태우는 게 아니구나' 조금 눈물이 났다. 실패로 돌아간 사진 태우기를 누군가에게 들킬까 봐 마음을 졸였다. 사진 태우기는 실패로 돌아갔지만 난 언제나 잊고 싶은 시간, 잊고 싶은 사람이 생기면 그에 관련된 모든 물건을 버린다. 언젠간 사진을 반쪽만 찢은 적도 있었고 매직으로 얼굴을 까맣게 칠해버린 적도 있다. 히스테릭하게 보일 수 있겠지만, 감정 조절이 서툴렀던 어릴 때였으니까. 아무튼, 구석에 박아 놓다가도 정 안 되겠으면 쓰레기통으로 직행하곤 했다.

그렇게 다 버리면 괜찮아질까? 기억이 사물에만 있다면 다행이겠지만, 어떤 풍경을 가진 공간이라면? 전설로 남은 록 밴드의 음악이라면? 맛과 식감이 생생한 음식이라면? 잊을 수 없는 향수의 향기라면? 더 끔찍해진다.

어떤 책에서 이런 구절을 읽은 적이 있다. '사람이 사라지면 그 사람과 가장 가까웠던 물건들이 생생하게 살아나는 것 같다' 부재는 존재를 증명한다는 말이 이런 거였을까. 사물의 물성이 우리의 생각보다 강한 걸까. 생각해보면 사물보다 사람이 훨씬 약한 것 같다. 사랑할 수 있어서 그럴까. 혹은 기억할 수 있어서 그럴까. 우린 어쩌다 사물까지 사랑하게 돼서 이렇게 과거가 지나가면 사물을 바라보며 환하게 웃거나 엉엉 울거나 벌벌 떨기까지 하는 걸까. 사물에 흔적을 많이 묻히려고 했던 나의 모습도 돌아보니 어딘가 허술하기도 하고 조금 쓸쓸하게 느껴지기도 한다. 많이 성숙해진 것 같다고 생각했는데 내가 사물보다 약하다는 사실을 또 깨달았다.

내가 지어낸 사실일 수도 있지만, 이 글을 읽은 당신 또한 지금 어떤 사물 하나가 떠오를 지도 모르겠다. 괜히 생각나게 해서 미안하단 말로 마쳐야겠다.

알고 있지만
real thing

어릴 적 학원에서 문제를 풀고 딱 한 문제를 틀려 선생님이 "다 잘했는데 이 문제는…"이라고 말문을 열자마자 눈에 그렁그렁 눈물이 맺혔다고 한다. 선생님은 상은이가 잘하는데 하나만 틀려도 많이 속상해한다고 했다. 듣고 나니 기억이 났는데, 정말 그랬다. 그 단 하나가 무진장 속상했다. 공부에 욕심이 많았던 것보다도 내 기질이었다. 이런 기질은 계속해서 내 안에 머물렀다. 사라질 기미가 안 보였다. 그러니 안 그래도 감정 기복이 심한 사춘기 때에는 많이 힘들었고 나뿐만 아니라 주변 사람들도 힘들게 했다. 특히, 엄마.

태어나서 가장 먼저 만난 사랑은 엄마에게 있었기 때문에 사랑을 엄마에게서 배워야 했는데, 엄마의 사랑을 어지간히 믿지 않았다. 사랑한다고 말한 날에 말도 안 되는 것들로 싸우고 상처 주고, 다음날에 다시 사랑한다고 말하는 게 문제를 하나만 틀려도 우는 나에게는 정말 미칠 노릇이었다. 그래서 사랑이 완전하고, 아름답다고 말하는 영화나 드라마가 미웠다. 대부분의 영화와 드라마들이 그랬으니 나만 사랑을 모르나, 내가 부적응자인가 생각했었다. 그래서 '사랑은 사실 아름답지 않아'라는 메시지의 작품들에 위로받으며 살아왔다.

내 기질의 가장 큰 문제점은 관계를 자꾸 확인하려고 드는 것이었다. 진실인지, 진심인지 끊임없이 증명을 요구하며 타인도 괴롭게 만드는 상황을 종종 만들곤 했다. 살면서 깨달은 사실은 사랑이 예쁜 하트 모양이 아니라는 것이었다. 안타깝지만 사랑은 순수하게 아름다운 모습만 지니고 있는 게 아니라는 것. 하지만 여전히 힘들었다. 완전한 이해는 불가능했다.

최근엔 친구와 치킨집 구석에서 두 시간 동안 사랑을 논했다. 그럼 두 시간 동안 사랑에 대해서 논했으니 사랑에 대해서 이제 좀 알겠냐고 묻는다면 여전히 모르겠다고 말할 것이다. 내 삶에 사랑만 심어 준 엄마의 사랑도 26년이 지난 지금에서야 조금씩 깨닫기 시작했으니 더 말할 게 있을까. E SENS의 〈real thing〉이라는 노래가 있다. '네 의지가 만들어냈던 아름다움, 난 네 욕심을 존중해'라는 가사가 날 완전히 위로했다. 여전히 완전하게 아름다운 형태의 사랑을 바라는 내 의지가 어쩌면 진짜 아름다움을 만들어낼 수 있을지도 모른다는 생각이 들게 했다.

영화 〈헤드윅〉에서 토미가 아버지와 다투고 헤드윅을 찾아가 '사랑이 영원할까?'라고 묻는 장면이 있다. 헤드윅은 '아니, 노래가 영원하지'라고 대답한다. 나는 헤드윅은 그 누구보다 사랑이 영원하길 바라지만, 그렇지 않다는 걸 잘 알기에 말할 수 없었다고 생각했다. 아니나 다를까, 바로 다음 장면에서 토미에게 헤드윅은 다시 이야기한다. '솔직히 난 사랑은 영원하다고 생각해' 나는 내가 죽기 전에 저런 사람이 될 수 있을지 늘 생각해본다. 그래도 사랑의 복잡한 형태를 이해하는 데 오랜 시간이 걸린다고 해서 부적응자가 아니라는 것, 믿기 어려워했던 마음, 완전함만을 바라온 마음이 사랑을 믿고 싶은 순수한 욕심일 뿐이었다는 것을 이제 조금 알았으니 짐을 하나 덜어낸 기분이 든다. 이제는 한 문제 틀린 거로는 울지 않을 것 같다.

다시 보기

고등학생 때 윤성현 감독의 〈파수꾼〉이라는 영화를 봤다. 영화를 매우 좋아해서 그때에도 여러 번 반복해서 봤고 스무 살이 넘어서도 몇 번을 더 봤다. 거짓 안 보태고 열 번은 본 것 같다. 처음에 봤을 땐 독립영화를 처음 접한 터라 이런 영화도 있을 수 있다는 신선한 충격에 사로잡혔는데, 신기한 건 다시 볼 때였다. 처음 봤을 땐 보이지 않던 장면들이 보이고 들리지 않던 소리가 들렸다. 심지어 성인이 되고 나서 다시 볼 땐, 고등학생 때 이해되지 않았던 대사가 이해됐다. 그래서 오로지 '백희'만 이해됐던 첫 감상과 다르게 '기태'도 이해됐고, 나중엔 '동윤'이도 이해가 됐다. 거만하게 들릴 수도 있지만, 이 영화만큼은 완전하게 처음부터 끝까지 이해했다는 생각이 들었다. 어디에 가서도 그렇게 말할 자신이 있었다.

내 글은 대개 과거를 이야기한다. 지나간 유년 시절, 학창 시절 때의 기억을 끄집어낸다. 그래서 글을 쓰는 과정은 마치 엉망진창인 서랍 속을 똑바로 마주하고 정리하는 과정 같다. 당시엔 날 울렸어도 이제는 웃으면서 읽을 수 있는 편지도 있고, 아무것도 아니었지만 이제는 씁쓸한 기억이 묻어 바라보기가 어려운 물건도 있는 그런 엉망진창인 서랍. 그런 서랍은 정리하기가 어렵다. 버릴 건지 남겨 둘 건지 정해야 하고, 그대로 두면 어디에다 둬야 할지도 정해야 한다. 시간이 오래 걸린다. 고민도 많이 하게 되고. 이렇듯 지나간 감정을 정리해 글을 쓰려 노력하는 것도 마찬가지다. 다시 회상하는 것 자체가 너무 버거울 때도 있고 여전히 부정하고 싶은 일을 바라봐야 할 때도 있다.

언젠가 왜 그 기억들을 쓰고 싶어 하는지 생각해본 적이 있었는데 대답은 '모든 걸 제자리로 돌리고 싶다'였다. 늘 과거에 얽매여서 과거에서 벗어나지 못하는 인간이라고 구질구질하게 바라볼 수 있겠지만, 과거에서 어떻게 벗어날 수 있는 건지 잘 모르겠다. 배울 곳도 없었고 알려준 사람도 없었다. 아마 그래서 혼자 글을 쓰기 시작한 것 같다. 과거에서 벗어날 수 없는 거라면 다시 천천히 과거를 바라보기로 했다. 그래서 용기를 내 바라본 기억들은 모름지기 그럴 만한 이유가 있었다. 그 이유, 그리고 느낀 감정들을 글로 차례차례 써 내려가며 정리하다 보면, 난 과거를 이해하고 인정했다고 선언하는 기분이 들었다. 정확한 시선을 가지고 더 옳은 방향으로 마음을 둘 수 있다. 그럼 난 더 나은 사람이 된 것 같다.

〈비정상회담〉에서 비혼을 주제로 토론을 한 적이 있다. MC 중 유일한 유부남인 유세윤에게 나머지 MC들이 결혼의 장점을 말해달라고 했다. 유세윤은 개그맨이지만 이 질문에는 진지하게 대답하려는 모습이 보였다. 유세윤은 이렇게 대답했다. "저는 아이가 있잖아요. 그 아이를 바라보면서 내가 확실히 기억하거나 이해하지 못했던 과거를 보는 느낌. 그 당시에 확실히 이해하지 못했던 내 감정들이 이해되면서 삶이 좀 완벽해지는 느낌?"

바꿀 수도 없는 과거를 이야기하면 그 과정이 고통스럽고 성가실 때도 있다. 여러 번 볼수록 다양한 시점으로 모든 게 이해되는 영화처럼 꼼꼼히 과거를 바라보면, 미성숙했던 감정과 그럴 수밖에 없던 타인의 사정까지 모든 게 이해가 된다. 물론, 이건 내가 자처한 고통이니 모든 사람이 이렇게 살 필요는 없고 내가 바라는 건 그저 내 글을 읽고 사람들이 잃어버렸던 모습을 다시 찾았으면 좋겠다. 이해하지 못했던 과거를 다시 바라보고 이해해보면서 삶이 조금 더 완벽해지는 느낌. 지루하고 새로울 것 없어 보이는 '다시 보기'지만 이 방법 말고는 무슨 방법이 있는지 아직 알아내지 못했다. 그러니 여태 그래왔듯이 앞으로도 한동안 난 꽤 오랫동안 다시 볼 것 같다.

샌드위치 절도범

하루는 술을 실컷 마신 적이 있었다. 잃어버린 것은 없는데, 일어나니 다 먹은 편의점 샌드위치 포장지가 있었다. 집 앞 편의점에서 사 왔나 보다. 그러고 보니 어렴풋이 맛이 기억났다. 혹시나 쓸데없는 취중 연락을 한 건 없는지 핸드폰의 기록들을 살펴봤다. 다행히 실수하거나 기억나지 않는 연락은 없었다. 그리고 결제내용을 봤는데, 이상했다. 편의점 결제 건이 없었다. 그럼 저 샌드위치는 뭐지? 같이 마신 친구에게 연락했다. '혹시 나 샌드위치 사줬냐?' 친구는 그런 적 없다고 했다. 헉. 어떻게 된 거지. 내가 샌드위치를 절도했나? 어젯밤 나는 샌드위치 절도범이었나? 몇 번이나 '새로고침' 해봐도 결제내용은 변함이 없었다.

아마 밤 12시 좀 넘어서 갔었고 지금은 아침 6시 반. 아직 아르바이트가 교대되지 않았을 확률이 높다. 보이는 옷 대강 주워 입고 모자를 푹 눌러쓰고 지갑을 챙겨서 편의점에 자수하러 갔다. 편의점 문을 여니 엄청 착하게 생긴 여자가 있었다. 혹시 밤에 근무했는지 물어보니 그렇다고 했다. "제가 샌드위치를 샀는데 결제를 안 한 것 같아서 왔는데… 저 결제 안 했죠?" 물으니 "아… 아 저 그게… 제가 결제를… 잘못해서… 현금으로…"라고 했다. 현금? 나 현금 없는데. 무슨 말인지 차근차근 더 들어보니 아르바이트 첫날인 탓에 모르고 카드를 받고선 현금으로 결제 완료를 해버렸다는 것이다. 그리곤 뒤늦게 안 맞는 시제를 수습하기 위해 자신이 결제했다고 했다. 오길 잘했다.

아르바이트생이 결제했던 걸 우선 환불했다. “제 것만 실수하셨어요?” 물으니 “앞에 몇 분도…” 다시 한번, 정말 오길 잘했다. 내 카드로 다시 결제했다. “속은 괜찮으세요…” 묻기에 “아 네 속은 괜찮은데 여기서 필름이 나가서… 죄송합니다” 2+1 행사하는 초코우유를 집어 결제하고 하나는 아르바이트생에게 줬다. 퇴근은 언제 하냐니까 좀 있으면 한다고 했다. 수고하라고 하니까 좋은 하루 보내라고 했다. 난 미소를 띠며 편의점을 나왔고, 눌러쓴 모자를 벗으면서 샌드위치 절도 무혐의에 대한 산뜻한 기분으로 초코우유를 냉장고에 넣었다. 오늘도 날씨가 좋다.

검정치마의 '상수역'과 나의 '상수역'

검정치마의 〈THIRSTY〉 앨범이 있다. 내가 꽂힌 곡은 〈상수역〉이었다. 상수역에 자주 가서 그런가 제목부터 마음과 닿아있는 느낌이 들었는데, 노래의 가사 또한 왠지 모르게 공감이 됐다.

노래를 들으면 떠오르는 나만의 기억이 있다. 상수역에서 약속이 있던 날이었는데, 유치하게 〈상수역〉을 재생시키고 상수역으로 향했었다. 겨울이 떠나지 않고 봄은 아직 오지 않아서 날씨가 좀 쌀쌀했다. 바람이 내 머리칼을 뒤로 쓸었고, 내 귀에선 계속해서 〈상수역〉이 흘러나오고 있었다. 카페에 들어갔다. 거기엔 날 기다리고 있는 사람이 있었다.

며칠 전 검정치마의 〈상수역〉을 들으며 퇴근하던 길이었다. 오랜만에 들어도 여전히 좋았다. 한동안 추억하지 않았던 그때의 날씨와 그날의 감정이 떠올랐다. 그러다 문득 이런 생각이 들었다. 검정치마의 '상수역'은 나의 '상수역'과 같은가? 내가 노래에서 좋아하는 부분은 '누군가 궁금한 적 있다면 난 늦은 밤 상수역만 맴돌았죠. 왜냐고는 내게 묻지 말아요. 싱거운 내 웃음이 다 지워진 게 그댄 안 보이나요', '그때 그녀의 손을 놔주고 잡아줄 건 택시밖에 없었어요. 내 심장은 구긴 종이 같아요. 주름 하나하나 모두 후회에요. 그댄 안 보이나요' 부분이다. 검정치마는, 아니 조휴일은 어떤 기억으로 '상수역'이라는 노래를 만들게 됐을까? 조휴일의 기억은 나의 기억과 닮았을까? 닮았다면 얼마나 닮았을까? 조휴일도 나처럼 상수역에 있을 때마다 그 기억을, 그 노래를 생각할까?

장소에 대한 노스탤지어(Nostalgia). 이 노래는 나에게 노스탤지어를 만들어 주었다. 사전적 의미로는 타향에서 고향을 그리워하는 것 또는 지나간 시대를 그리워하는 것을 말한다. 모든 인류가 공통으로 느끼는 감정이고, 대부분 사람은 일주일에 한 번 이상 추억에 잠긴다고 한다. '노스탤지어'가 가지는 중요한 특징은 이를 통해 우리가 실제로 따뜻함을 느낀다는 점인데, 어떤 기억은 사람들을 우울하게 만들기도 하니 노스탤지어가 우울을 악화시킨다는 주장도 있다. 그러나 최근의 연구들은 노스탤지어가 자신을 가치 있게 만들었던 기억을 통해 삶에 대해 더욱 성실한 자세를 가지도록 도와준다는 것을 보였다.

상수역에서의 기억 그리고 〈상수역〉이라는 노래. 나에게 그 공간은 입체적으로 바뀌어서 더는 다른 장소들과 같지 않다. 그렇다면 조휴일도 그럴까. 조휴일은

〈THIRSTY〉 앨범에 대해서 '뻔뻔하고 그로테스크한 앨범을 만들고 싶었다. 그럼에도 나에겐 하나같이 다 어쩔 수 없는 사랑 노래처럼 들린다. 하긴, 전부 다 내가 지어낸 이야기라고 해도 영원히 알 순 없겠지.'라고 말했다. 내 마음과 닮았다는 생각이 들었다. 그렇지만 조휴일이 〈상수역〉을 만든 기억에 대해서 들을 수 있게 된다면 왠지 나의 기억과 전혀 같지 않을 것 같다. 이렇듯 전혀 다른 기억에서 출발해 비슷한 감정선에 도착하는 것. 아무것도 아니었던 장소가 입체적으로 바뀌며 나의 마음을 뒤흔드는 것. 그것들은 따뜻하면서도 우울했고, 익숙한 것 같으면서도 신비로웠다.

노스탤지어에 대한 정보를 찾아봤을 때, 마지막에는 이런 말이 있었다. "많은 사람들이 추억을 과거와 현재를 비교하는 것으로 생각하고, 무의식적으로 과거가 더 나았다고 말합니다. 그러나 이는 좋은 방법이 아닙니다. 비교는 좋은 습관이 아닙니다. 그저 과거를 있는 그대로, '내 삶의 의미는 무엇일까?'라는 질문에 대한 답으로 받아들일 때 우리는 진정한 유익을 얻을 수 있습니다."

〈상수역〉에서 삶의 의미까지 찾지는 못했지만, 나에게 상수역은 유의미해졌다. 더불어 그날 입었던 트렌치코트도, 그날 들었던 갈색 가방도.

다시금 이 노래를 반복해서 듣는다. 그때와 날씨가 비슷하다. 애매한 마음과는 달리 완연한 가을이다.

세상에 환멸을 느낀다

약속도 싫고 옷도 싫고 가방도 싫고 신발도 싫다. 음악도 싫고 영화도 싫고 로션도 싫고 지하철도 싫고 양말도 싫다. 음식도 싫고 분리수거도 싫고 화장실도 싫고 낯선 곳도 싫고 익숙한 곳도 싫다. 편의점 음식도 싫고 맛집도 싫고 카페도 싫고 셔터음도 싫다. 할로윈도 싫고 11월도 싫고 손님도 싫고 직원도 싫다. 시도 싫고 산문도 싫고 모임도 싫고 혼자인 것도 싫다. 영원히 이 모든 게 싫을 것 같아서 나는 내가 싫다.

외롭고 외롭다

예뻐서 인기 많은 년도 외롭고
몸매 좋은 년도 외롭고
옷 잘 입는 놈도 외롭고
부모가 돈이 많아서 사는 거 걱정 없겠다 하는 놈도 외롭고
하고픈 게 뚜렷해 보이는 놈도 외롭고
외제 차 타고 다니는 놈도 외롭고
인스타그램으로 출세해서 인생 핀 것 같은 년도 외롭고
4년제 졸업한 년도 외롭고
유학 다녀와서 뭐 있는 것 같은 놈도 외롭다

오랫동안 봤는데 피부 진짜 더럽게 좋네 하는 년도 외롭고
맨날 놀러 다니고 해외 안 가본 데가 없는 놈도 외롭고
연애 텀 없이 계속하는 년도 외롭고
친구 많아 보이는 놈도 외롭고
팔로워 많은 년도 외롭고
집안에 별일 없고 화목해 보이는 년도 외롭고
태어난 곳이 서울이라 좋겠다고 생각되는 놈도 외롭다

갈색 옷 입은 새끼도 외롭고 검정 옷 입은 년도 외롭다
아이폰 쓰는 년도 외롭고 갤럭시 쓰는 놈도 외롭다
비 오는 날을 좋아하는 놈도 외롭고
비 오는 날을 싫어하는 년도 외롭다

사실은 아무 일도 일어나지 않는다

지금은 아니지만, 어렸을 때부터 꽤 오랫동안 지각을 하지 않았다. 아니 정확하게 말하면, 지각을 하지 못했다. 할 수 없었다. 결석도 마찬가지였다. 개근상은 늘 이미 받은 상이나 다름없었다. 이건 엄마에게서 받은 영향인데, 엄마는 시간을 아주 철저하게 지킨다. 절대로 늦는 법이 없다. 지하철로 두 정거장밖에 안 되는 곳이더라도 넉넉하게 한 시간을 잡고 출발한다. 이런 신념으로 행동하는 엄마에게서 자랐으니 자연스레 그렇게 됐다. 절대로 언제나 늦지 않았다.

그렇게 살다가 어쩌다 지각을 하게 됐다. 객관적인 상황이 기억나진 않는데 심장이 미친 듯이 뛰었던 기분만큼은 생생하게 기억난다. 정말 불안하고 끔찍했다. 그 기분을 한 번 겪은 이후로는 무엇보다 그 기분이 싫어서 전보다 더 지각하지 않으려 노력했다. 하지만 그럼에도 몇 번 더 크고 작은 지각을 하게 됐는데, 이때 내가 알게 된 약간 충격적인 사실은 그리 큰일이 일어나지 않는다는 것이다. 혼나거나 꾸중 듣거나 하는 때는 물론 있었지만 정말로 아무렇지 않게 흘러가는 때도 있었다. 다시 말해, 별일 아니었다.

내가 좀 더 크게 와닿았던 건 대학 때였는데, 지각하지 못하는 기질의 연장선으로 과제도 기한 내에 칼같이 냈다. 개판으로 만들었든 말든 기한 내에는 무조건 냈다. 반대로 몇몇 사람들은 좀 늦어도 괜찮은 퀄리티로 제출을 했다. 점수는 일찍 낸 나보다 그들이 높았다. 돌아보니 미련했다. 왜 그렇게 하늘이 두 쪽 나는 것처럼 불안해했는지 속상했다.

스물두 살 겨울에 처음으로 오른쪽 팔에 타투를 했는데, 진짜 친한 친구들에게는 타투했다고 쉽게 소식을 알렸지만 다른 사람들에게는 알리기가 어려웠다. 겨울이라 긴팔을 입어 티가 나지도 않는데 들킬까 봐 조마조마했다. 계절이 지나고 여름이 됐다. 일반적인 반소매 티 길이로도 아슬아슬하게 가려지는 위치라 어쩌면 보이고 어쩌면 보이지 않았다. 갑자기 쓰는 게 창피하지만, 그때도 마음의 준비가 되지 않았다. 그래서 우연히 보게 된 사람들에겐 좀 어색하게 이야기했다. 그런 내 모습이 이상했다. 이게 뭐라고 숨기나 싶어서 어느 날부터 아무렇게나 다녔다. 나쁘게 생각하려면 생각하라지.

타투가 보이는 채로 거리를 돌아다녔다. 음식점도 가고 카페고 가고 서점도 가고 동네도 산책했다. 그런데, 신기하게도 그 어떤 사람들도 나에게 불친절하지 않았다. 오히려 길을 물어보는 사람도 있을 지경이었다. 달라진 긴 아무것도 없었다.

내가 즐기는 작은 재밋거리 중 하나는 오늘의 운세를 보는 것이다. '운세'를 검색해서 생년월일을 입력하면 오늘과 내일의 운세가 나온다. 절대 믿는 건 아니지만 가끔은 귀신같이 정확하기도 했다. 네이버에서 무당도 채용하나 싶은 생각도 했었는데 아무튼, 생년월일 운세를 다 읽으면 별자리 운세도 읽었다. 사수자리를 찾아 스크롤을 내리고 행운의 장소나 행운의 색상도 읽었다. 늘 지키는 건 아니지만 특별히 어떤 자리에 가게 될 때면 조금 속아도 갖출 수 있는 건 갖춰 나갈 때도 있었다. 하지만 대체로 그 행운의 장소, 색상, 시간, 숫자, 물건 등은 작용하지 않는듯했다. 내가 모르는 사이에 작용했을 수도 있지만 아쉽게도 제대로 느껴졌던 건 없었다.

그렇게 행운을 가져가려 하고 불행을 피하려 해도 다가올 일들은 다가왔고 노력했던 일들은 노력한 만큼 덜어졌다. 운세로 내가 뭘 이뤄냈던 적은 없었다. 그저 흥미롭게 보고 기분이 좋아지거나 살짝 긴장하거나였을 뿐,

실상 어떤 일이 일어나진 않았다. 시시한가? 그래도 난 꾸준히 운세를 본다. 혹시나 별일이 있을까 싶어 그냥 본다.

이제는 엄마가 "엄마 내일 친구랑 저녁 먹으러 간다."라고 하면 "내일? 그러면 지금 출발해야겠네"라고 놀리며 "엄마 아무 일도 안 생기니까 천천히 가도 돼요"라고 달랜다. 그리고 난 어쩌다 한 번씩 지각을 하기도 하고 내 몸에는 벌써 6개의 타투가 있다. 사실은 아무 일도 일어나지 않는다는 걸 알아버려 좀 더 자유로워지긴 했지만, 또 한편으론 행운의 장소에 행운의 색상의 옷을 차려입고 가도 아무 일도 일어나지 않는 인생을 왜 아등바등 살아야 하는지 모르겠다는 생각도 했다. 그래도 뭐, 아무 일도 일어나지 않았으니 그냥저냥 살아도 되는 게 아닐까. 사실은, 정말 사실은 아무 일도 일어나지 않는다.

넷,

:

영희와
앵무새

영희와 앵무새

영희는 늘 아빠를 의심했다. 아빠가 자신을 사랑하지 않는 것 같았다. 이따금 영희가 필요한 부분이 있으면 도와주기는 했지만, 그 도움도 의심스러웠다. 어딘가 불편했다. 아빠의 표정은 늘 어딘가 짜증 나 보였다. 세상은, 부모는 자식을 사랑한다고 말한다. 그래서 영희는 그 말을 되새겼다. '맞아, 부모는 자식을 사랑하니까. 그렇다고 하니까. 내가 했던 생각은 다 의심인 거야. 내가 잘못 생각한 거야.' 시간이 계속 흘러 영희는 고등학생이 됐다. 영희에게는 집안 이야기를 할 만큼 친한 친구들도 생겼다. 친구들과 영희는 많은 이야기를 나눴다. 폭언, 폭력을 일삼는 아버지를 가진 친구, 엄마를 때리는 아버지를 가진 친구, 도박에 빠져 가끔가다가 집에 오는 아버지를 가진 친구, 아버지의 근황을 모르는 친구 등등. 영희는 자신의 아버지가 그 어떤 곳에도 속하지 않았기에 어쩌면 영희의 아빠가 꽤 괜찮은 아빠일지도 모른다고 생각했다. 여전히 대화할 수 있지는 않았지만, 마음의 문을 닫지는 않았다. 아빠를 계속 의심했지만, 그건 사실 믿고 싶은 마음이었다.

영희는 헷갈렸다. 중요하게 큰돈이 드는 일이 있으면 여전히 아빠는 탐탁지 않아 하면서도 지불했고, 찝찝하지만 문제는 해결이 됐었으니까. 어쩌다 영희는 아빠는 나보다 돈이 더 중요한 사람일까? 생각이 들었다. 그리고 아빠의 실언들과 거슬리는 행동들이 눈에 띄기 시작했다. TV를 보면서 흘리듯 하는 말들, 영희와 엄마에게 아무렇지도 않게 내뱉는 역겨운 행동들. 그런데 아빠는 영희에게 자신은 가족을 위해서 산다고 말했다. 하지만 영희는 속으로 생각했다. 아니면서. 영희는 아빠가 아빠 자신을 위해 그런 삶을 지속하고 있다고 생각했다.

어느 날 오후였다. 영희가 밥을 차려 먹고 설거지를 하려고 싱크대에 서니 아빠의 설거지가 있었다. 영희는 놓여 있던 아빠의 그릇도 같이 설거지했다. 아빠는 그런 영희의 모습에 기분이 좋아 보였다. 다음 날 오후에도 싱크대엔 아빠의 설거지가 있었고, 영희는 전날과 같이 설거지를 했다. 아빠는 매우 흡족해했다. 그리고 그다음 날이었다. 영희는 눈도 뜨지 못한 채로 밥을 차려 먹으러 거실로 걸어가고 있었다. 아빠는 영희를 붙잡았다. “설거지 좀 해주면 안 돼?” 영희는 무슨 소리냐고 대답했다. 영희는 기분이 안 좋아졌다. 아빠가 괘씸했다. 이틀 동안 설거지를 했던 자신의 행동을 아빠는 이렇게 받아들였다니. 엄마는 영희가 일어나면 “밥 먹어야지?”라며 챙겨주는 마음이 우선이었는데, 아빠는 나를 보고 설거지부터 생각한다니. 비참했다.

영희는 그다음 날도, 그다다음 날도, 그다다음 날의 다음 날도 절대로 아빠의 설거지를 하지 않았다. 영희의 그릇만 설거지했다. 이윽고 아빠는 영희의 그런 행동에 화가 났다. 아빠는 표정을 구기며 말했다. "설거지는 네가 해야지." 영희는 대답했다. "아빠가 드신 거잖아요." 아빠는 영희의 뒷말을 자르며 소리 질렀다. "니 거 내 거 따지면서 그딴 식으로 행동하는 거 아니야. 너는 밖에 나가서도 그런 식으로 행동하니?" "밖에서는 안 이래요. 그리고 니 거 내 거 없는 일이면 아빠가 하셔도 되는 거잖아요." "내가 너 부모인 걸 떠나서 사회생활 선배로서 하는 말이야. 너는 밖에서는 안 그러면 집에서는 왜 그러는데. 왜 그러는데!!!" 아빠는 고래고래 소리를 질렀다. 영희는 눈물이 났다. 영희는 그 순간 확인했다. '맞아, 아빠는 이런 사람이었지. 아빠는, 설거지가 정말 하기 싫었구나. 아빠는, 자신이 하기 싫은 일을 하는 게 남한테 상처를 주는 것보다 못 참을 일이었구나. 아빠는, 나를 사랑하지 않는구나.' 영희는 눈물을 흘리며 앞으로는 설거지를 잘 하겠다고 말한 뒤 집을 뛰쳐나갔다.

다음날이었다. 외출하고 돌아온 아빠는 영희의 기분을 살피려 영희에게 밥을 먹었는지 물었고, 영희는 눈도 마주치지 않고 대답 없이 방으로 들어갔다. 아빠는 다시 한

번 밥 먹었냐고 물었지만, 영희는 묵묵부답이었다. 영희는 침대에 누워서 울기만 했다. 영희는 아무것도 먹지 않았다. 먹으면 설거지가 나올 테니까. 설거지를 하면 하는 대로 비참할 것이고, 안 하면 안 하는 대로 상황을 악화시키는 것일 테니, 아무것도 먹지 않았다. 엄마가 왔고 영희는 밥을 먹었다고 거짓말했다. 하루하루 흐를수록 희석이 되어야 할 감정은 나날이 고립되기만 했다. 몇십 년 동안 의심했지만 믿고 싶었던 아빠의 사랑을 이딴 설거지 다툼으로 확인받는다니. 화난 얼굴을 하고 영희를 향해 고래고래 지르던 목소리. 그 장면이 영희는 계속해서 생각났다.

아빠는 영희가 자신에게 마음의 문을 닫은 게 그날 설거지 때문이라고 생각했다. 하지만 아니었다. 영희는 늘 아빠의 사랑이 불안했다. 그리고 설거지 사건은 영희가 수없이 의심했던 날들을 확인시켜주는 사건이었다. 영희는 속으로 생각했다. 아빠도 나를 안 사랑하는데 누가 나를 사랑해줄까. 인정하기 싫었지만 내 존재가 무가치하고 의미 없는 존재라는 사실을 마주했다. 영희는 비참하고 창피했다. 아빠가 자신을 사랑하지 않는 것 같다는 사실을 어디에도 말할 수 없었고, 말하면 안 될 것 같았다. 신을 믿는다면 신에게라도 말할 수 있었을까 상상했지만,

영희는 신에게도 말을 할 수 없었을 것이다. 대상이 누구든 간에 이 사실을 고백한다면 영희는 정말 인정해야 하니까. 외면하고 싶었다.

영희는 아빠와 다시 인사를 하고 안부를 나눈다. 예의는 존재하지만 사랑은 없다. 가족들은 영희에게 더 묻지 않는다. 가족을 바라보면 답답하다. 영희는 더는 아빠가 혐오스럽지 않다. 그저 공허함을 느낄 뿐이다. 영희는 아빠가 앵무새를 키우고 싶다고 한 그 말을 계속 생각한다. 언젠가 아빠는 앵무새를 키우고 싶다고 했다. 자신이 하는 말을 앵무새가 따라 말할 것 아니냐고, 아이처럼 상상하던 아빠의 얼굴이 생각난다. 아빠는 알았을까, 자신이 지금 얼마나 쓸쓸한 고백을 하고 있는지를. 영희는 잘살다가도 가끔 그 말이 생각난다. 앵무새를 키우고 싶다고 했던, 아빠의 말을.

너덜너덜해진 마음으로 '그래도 나를 조금은 사랑하시겠지. 내가 다 알지는 못하는 거니까.'라고 대충 생각하기로 했다. 결핍에서 오는 감정이 곧 관계에서 발악적으로 번질 때가 많았고, 그 발악은 영희를 지치게 만들고 때때론 비참하게도 만들어버렸다. 영희는 자신이 틀려먹은 인간이라고 생각했다. 부모를 탓하거나 내가 고장 난 원

인으로 부모를 지목하면 안 된다고 세상은 말하니까 그냥 그렇게 생각했다. 영희는 언제 죽을까. 언제쯤 죽을 수 있을까. 아니면 언젠가라도 말할 수 있을까. 내 결핍을 세상에 고백할 수 있을까. 이 마음을 후회할 날이 올까. 후회를 할 수 있다면 얼마나 좋을까. 영희는 오늘도 잠을 설친다.

영희 엄마는 스물네 살에 결혼했다. 공장 일, 주방 일, 밤낮과 주말 없이 악착같이 일하며 사는 인생이 지겨웠다. 결혼하면 집안일만 하면 된다고 하던데, 빨리 결혼하고 싶다고 생각했다. 그렇게 영희 엄마는 결혼했고, 결혼한 지도 어언 20년이 훌쩍 넘었다.

얼마 전 남편이 영희를 혼냈다고 했다. 들어보니 설거지 때문이었다. 남편은 영희가 싸가지 없이 지 것만 설거지 하길래 교육을 좀 했다고 했다. 직장 구하면서 놀고 있는 애가 그런 것쯤은 지가 해야 되는 거 아니냐고 했다. 그리고 덧붙여서 말했다. "애가 지밖에 몰라. 사회생활은 어떻게 하려고. 쯧쯧" '설거지? 그러고 보니 요즘, 퇴근하고 돌아오면 설거지가 없었다. 영희가 한 거였구나. 어근데 어제는 설거지가 있었는데? 아, 영희가 어제는 저녁에 친구들 만나러 나갔었지. 그럼 어제 설거지는? 남편

거였구나.' 영희 엄마는 지밖에 모른다는 남편 말이 우스웠다. 본인은 나에게 아무렇지 않게 설거지를 넘기면서 영희더러 싸가지 없다니 저 인간이 그럼 그렇지. 이야기를 듣다 보니, 영희가 방에서 나오지를 않는다. 문을 살짝 열어 밥 먹자고 말해봤는데 먹었다고 한다. 줄어든 밥이 없는데, 거짓말을 한다. 설거지 나올까 봐 그러나. 내가 하면 되는데.

다음 날, 영희의 기분이 나아졌는지 오늘은 거실에 나와서 티브이를 본다. 다른 때 같으면 영희가 먼저 이야기를 할 텐데 아무 말도 없이 티브이만 본다. 슬쩍 이야기를 꺼내려고 남편 이야기를 꺼냈는데, 말을 돌린다. "아빠랑 밥 먹었어?" "아니. 각자 먹었어." "같이 먹지, 왜" "같이 먹어야 해?" "그래도 아빤데" "아빤데 뭐?" 영희의 마음이 굳게 닫힌 것 같았다. 전에는 남편 이야기를 하면 분석하며 놀리기라도 했는데 이제는 말도 하지 않는다. 영희 엄마는 과거를 회상했다. 결혼하고 얼마 되지 않았을 때 양은 냄비를 사 온 적이 있었다. 남편은 쓸데없이 냄비를 왜 사냐며 그렇게 타박해댔다. 타박을 하다못해 냄비를 발로 콱 찌그러뜨렸다. 그때 기분을 영희도 느낀 걸까. 영희 엄마는 영희가 걱정됐다.

걱정은 현실이 됐다. 영희 방에선 가끔 울음소리가 들렸다. 자세히 들어보려고 티브이 볼륨을 줄이면 울음소리도 같이 작아졌다. 무슨 생각을 하는지 궁금했지만, 영희의 방에 들어가지 못했다. 우는 데 방해될까 봐. 그때 남편이 방에서 나와 저녁 안 먹냐고 물었다. 괘씸했다. 한숨을 쉬고 남편이 먹을 상을 차렸다. 남편은 "영희는?"이라고 물었다. "당신 먹고 나면요" "왜 나와서 같이 먹어야지"라고 실없는 소리를 한다. "됐어요. 먼저 먹어요. 영희 이렇게 빨리 안 먹어" 남편은 무슨 말인지 알아들었으면서도 모르는 척한다.

남편은 배를 채운 뒤 일어나서 그대로 방으로 들어갔다. 그 어떤 접시와 반찬도 치우지 않았고, 영희 엄마는 한숨이 나왔다. 내가 왜 이런 남자와 결혼을 해서 영희에게 이런 아빠를 안겨줬을까. 사람이 조금 바뀔 순 없는 걸까. 요즘에 다른 집 남편들은 빨래나 설거지 중에 그래도 하나는 한다는 데, 너무 미련하게 살았나 싶었다. 그래도 영희 엄마는 관계가 무너져 가는 걸 막고 싶었다. 그런데 어떻게 해야 하는지 알 수는 없었다. 점점 영희는 밖으로 나돌고 집에서는 잠만 잤다. 거실에도 나오지 않는다. 저놈의 스마트폰은 왜 이렇게 잘 되어있어서 티브이도 다시 볼 수 있는지, 티브이라도 같이 보면 좋겠는데.

영희가 드디어 직장을 구했다. 영희는 이제 집에서 밥을 먹지 않는다. 가끔 가족들 생일날에 외식이라도 하면 영희가 먹는 모습을 볼 수 있었는데, 여전히 영희가 말하는 모습은 볼 수 없었다. 영희는 늘 말이 없었다. 남편에게 넌지시 말했다. "영희한테 좀 더 상냥하게 해 줄 수 없어요? 이상한 소리 좀 하지 말고" 남편은 티브이를 보며 애가 쓸데없이 예민해서 그런 걸 왜 나한테 뭐라 그러냐고 말했다. "영희가 우리한테 더 마음이 없는 것 같아서 그래. 애가 정말 떠나가는 것 같아" 남편은 아무 말도 하지 않다가 말했다. "애가 이기적이야." 영희 엄마는 가슴이 콱 막혔다. "당신이 그러니까!" 그제야 남편은 영희 엄마를 쳐다봤다. "나한텐 그래도 되는데 영희한테는 그러지 좀 마요. 제발!!" 영희 엄마는 진심으로 말했다. 그러나 남편의 표정이 가관이었다. 성가신 표정. 또 저 표정. 양은 냄비를 사 왔을 때 멍청한 사람 보듯이 바라봤던 그날 그 시선. 분명 영희한테도 저랬을 거야. 저 눈빛으로 바라봤을 거야.

직장을 구한 영희가 나가서 살기로 했다. 자주 못 볼 텐데 영희는 왠지 아무렇지 않아 보였다. 남편도 아무렇지 않아 보였다. 어디서부터 잘못된 걸까. 내가 잘못된 걸까. 결혼하면 집안일만 하면 된다고 들었는데, 아니었다. 남

편은 오늘도 코를 골며 잠을 잔다. 영희는 잘 자려나. 영희 엄마는 본인도 잠을 설치면서 영희를 생각하는 본인이 얼마나 안 됐는지 모른다. 하지만 앞으로도 모를 것이다. 매일 오늘처럼 영희 걱정만 할 테니까.

지망생 수정이

연기자 지망생 수정이에겐 지우고 싶은 기억이 있다. 그건 바로 중학교 1학년 때였는데, 교실 미화 시간에 교실 뒤 게시판에 아이들 각자의 사진과 자신의 장래 희망을 써서 붙이기로 했다. 수정이는 한숨을 쉬었다. 왜냐면 며칠 전 엄마와 연기자가 되고 싶은 마음에 관해 이야기했다가 크게 싸웠기 때문이다. 수정이는 고민하다 체념을 하고 세 글자를 적었다. '회사원'. '어린 내가 이렇게 생기 없이 회사원이라고 적은 걸 알면 마음이 참 좋겠다.' 라는 마음으로 꾹꾹 눌러썼다. 그 종이는 1년 내내 붙어 있었고 수정이는 그걸 볼 때마다 마음이 씁쓸해져 쳐다보고 싶지 않았다.

고등학생이 되기 전 수정이는 엄마에게 용기를 내서 다시 한번 이야기했다. 연기학원에 다녀보고 싶다고. 엄마는 그놈의 연기 소리 한 번만 더하면 티브이를 부숴버리겠다고 했다. 수정이는 마음이 착잡했다. 엄마는 말했다. "그건 네가 막 뭘 창작해내야 하는 거야. 그게 얼마나 어려운 건지 알아? 그거를 할 수 있어? 그리고 그게 돈이 될 것 같아? 아주 치열해 그 직업은" 수정이는 대꾸하지 않았다. "간호사는? 간호사는 어때 수정아? 그 저기 백반집 영미 언니 있지. 영미 이번에 간호사 됐다더라." 수정이는 기가 찼다. "내가 간호사를 왜 해요." "왜 너 엄마다치고 이러면 약도 잘 발라주고 잘 해주잖아" "엄마… 간호사가 그거 하는 거예요? 연고 발라주고 밴드 붙여주고? 아니잖아요." 수정이는 눈물이 그렁그렁 담긴 눈으로 뒤돌아서 방으로 들어갔다. 수정이는 많이 울었다.

그래도 수정이는 연기가 하고 싶었다. 그래서 열일곱 생일 선물로 연기학원에 딱 한 달만 다니게 해달라고 부탁했다. 엄마는 또 연기 소리가 나오는 것에 한숨을 쉬었지만 딱 한 달만 다니겠다는 약속을 수정이에게 받아내고, 학원에 보내주었다. 그렇게 다니게 된 연기학원은 꿈같이 달콤했다. 하지만 한 달이라는 시간은 빠르게 지나갔고 아쉽지만 엄마와의 약속대로 학원을 나와야 했다.

고등학교 2학년이 됐다. 지겨운 자기소개서 종이를 받았다. 내일까지 써 오라고 한다. 집에 돌아온 수정이는 가방에서 자기소개서를 꺼내 중학생 때보다 덤덤한 표정으로 짧은 시간 내에 빈칸을 채웠다. 본인 장래 희망 칸에는 배우. 부모 장래 희망 칸에는 간호사. 하지만 예전처럼 수정이 눈에 눈물이 맺히지는 않았다. 작성한 자기소개서를 제출하고, 아이들 번호대로 면담이 진행됐다. 수정이의 면담 날, 담임선생님은 수정이에게 물어봤다. "수정이는 배우가 하고 싶고, 부모님은 수정이가 간호사가 됐으면 좋겠다고 하셔?" "네. 저랑 부모님이랑 생각하는 게 달라요." 대학과 입시에 관련된 이야기들을 조금 더 나눈 뒤 수정이는 교무실을 나왔다.

고등학교 3학년이 됐다. 대학과 수능밖에 없는 줄 아는 그 시절에도 수정이는 연기가 하고 싶었다. 어차피 연기할 거니까 대학에 가고 싶지 않았다. 연기를 배울 수 있는 게 아니라면 수정이에겐 모든 게 의미 없었다. 하지만 엄마는 여전히 모르는 척 했다. 수정이도 지칠 대로 지쳤다. 많은 사람이 간다는 이유로 의미 없이 대학에 가고 싶지 않다고 말했지만, 남들 다 가는데 왜 너는 안 가냐는 말이 돌아왔다. 장래 희망 칸에 '회사원'이라고 적었던 조그마한 반항심이 커져서 수정이는 '그래 씨팔 내가 그 빌어먹을 대학 간다.' 하고 아무 대학이나 지원했다. 어차피 아무 대학이나 갈 거 그냥 빨리 해결해버리고 싶었다. 선생님은 여기 말고 다른 곳 넣어도 된다고 했지만, 수정이는 상관없다고 대답했다. "그냥 여기 갈래요." 그냥 여기.

수정이는 그렇게 가까운 전문대 광고디자인과에 합격했다. 합격했어요. 덤덤하게 소식을 엄마에게 알렸다. 엄마는 잘됐다고 말했다. 뭐가 잘됐다는 거지. 수정이는 방으로 들어갔고 엄마가 따라와서 물었다. “수정아 근데 영문과는 어때? 수정이 너 다른 건 몰라도 영어 점수 좋잖아.” 수정이는 대답했다. “예전엔 간호사 하라며 이제는 영어? 그만 해요. 엄마” 열심히 아르바이트를하면서 수정이는 남몰래 연기학원에 다녔다. 수정이는 행복했다. 살아있는 것 같았다. 오디션도 이따금 보게 됐다. 워낙 쟁쟁해 배역을 따내지는 못했지만, 수정이는 연기를 배우며 자신이 자아실현을 하는 기분을 느꼈고 행복했다. 하지만 시간은 야속하게 흘러갔고 대학교를 졸업했다. 엄마는 수정이에게 물었다. “그 공무원 준비… 해보는 건 어때?” “공무원이요? 엄마 저 배우 하고 싶다고 했을 때 경쟁률 이야기하면서 말리셨잖아요. 공무원 하기가 얼마나 어려운데요.” “그래도… 음 아니면 은행원은 어때?” 수정이는 엄마를 보고 말했다. “제가 알아서 할게요.” 엄마는 말했다. “알아서 못 하니까 그러지. 에휴”

그러던 어느 날이었다. 수정이에게 학원을 통해 영화 속 작은 배역을 맡긴다는 연락이 왔다. 큰 역할은 아니었지만, 수정이는 너무 기뻤다. 수정이는 엄마 몰래 그 촬영을 들어갔지만 기나긴 대기 시간 및 잦은 스케줄 변동에 생활패턴이 많이 달라져 엄마가 의심하기 전에 알려야 될 것 같았다. “엄마 사실 저 예전에 다녔던 연기학원

통해서 어떤 영화 작은 배역을 맡게 됐어요." "어머 세상에! 정말?" 어? 이상하다? 엄마가 왜 좋아하지? 수정이는 의아했다. 엄마는 누가 나오는 영화며 무슨 역할이며 감독이 누구고 무슨 내용인지 다양하게 질문했고 수정이는 하나하나 대답해줬다. 엄마는 콧노래를 부르며 촬영장에서 먹을 도시락을 싸줬다. '이상해.' 수정이가 속으로 한 생각이었다.

그렇게 첫 영화를 시작으로 수정이는 천천히 배우가 되었다. 많은 사람이 수정이를 사랑했다. 황홀했다. 수정이의 언니가 수정이에게 메시지를 보냈다. 정말 자랑스럽다고. 엄마가 하루에도 수십 번씩 너 나오는 장면만 본다고. 수정이는 그 문자를 보고 엉엉 울었다. 어떻게 그럴 수가 있지. 내가 아무것도 아닐 때는 내 편에 서주지 않았으면서, 내가 행복해지고 싶어서 연기가 하고 싶다고 했을 땐 무시했으면서. 어떻게 세상 사람들이 날 사랑해준 후에 내 편에 설 수 있지. 내가 누구보다 먼저 이야기했는데. 어떻게 맨 마지막에 내 편으로 오셨지. 내가 하고 싶은 마음은 인정해주지 않았으면서 실력이 증명된 후에는 내 마음을 이해하다니. 어떻게 이럴 수가 있지.

작품 촬영을 마치고 수정이는 오랜만에 집에 갔다. 다음 작품은 뭘 할 거냐고 묻기에 이번에 이런 작품이랑 이런 작품이 들어왔어요. 둘 중에 선택해야 해요. 라고 대답했다. 엄마는 그럼 첫 번째 거 해. 라고 말했다. 수정이는 힘을 눌러 담아 대답했다. "엄마. 이렇게 저렇게 하라고 명령할 거면 저 말고 로봇이나 인형 데려다 키워요. 저는 엄마 소유물이 아니에요. 아시잖아요. 인정하세요." 엄마는 황당한 표정으로 바라봤다. 이어서 수정이는 정말 끝끝내 평생 하고 싶었던 말을 주먹을 떨며 내뱉었다. "엄마 저 왜 낳으셨어요." 엄마는 아무 말도 하지 못했다. 적막만이 흘렀다. 수정이는 중학생 때부터 참아왔던 울음이 터졌다. 수정이는 어린아이처럼 울었다. 당황한 엄마는 수정이를 끌어안으며 "다 너 잘되라고 그런 거지. 수정아. 너를 사랑해서 그런 거지. 엄마가 수정이를 사랑하니까" 하지만 수정이는 정확한 눈빛으로 엄마를 바라보며 말했다. "사랑을 왜 그렇게 하세요." 엄마는 아무 말도 할 수 없었다. 수정이는 집을 나왔다. 바깥에는 눈이 내리고 있었다. 그 해의 첫눈이었다.

비행기 모드

촬영 쉬는 시간이었다. 핸드폰을 확인하는데 아빠에게 부재중 전화 3통, 엄마에게서 부재중 전화 11통, 언니에게서 부재중 전화 2통과 '수정아 촬영 중이니? 쉬는 시간에 엄마한테 연락 좀 해봐'라는 문자 1통. 수정이는 엄마가 아닌 언니에게 전화했다. "왜? 무슨 일 있어?" 수정이가 말했고 언니는 태연한 목소리로 "어 수정아. 촬영 중이었지? 엄마가 너랑 연락이 안 된다고 그래서… 엄마한테 연락 좀 해봐."라고 말했다. 의아한 수정이는 "나 요즘 촬영 중인 거 알잖아. 연락 안 되면 촬영 중이지"라고 말했지만, 언니는 한숨을 쉬고 "그냥 엄마한테 전화 한 번 해. 그러면 될 것 같아"라는 말로 전화를 끊었다. 수정이는 엄마에게 전화를 걸었다. 엄마는 다짜고짜 소리를 질렀다. "넌 왜 전화가 안 돼!!" "촬영 중이었어요"라고 대답했다. 수정이는 어떤 상황인지 알았다. 수정이는 눈을 질끈 감았다. "촬영 중인 건 촬영 중인데 왜 전화가 안 가!!"라고 다그쳤고 수정이는 이마를 짚으며 비행기 모드였다고 설명했다. 엄마는 한숨을 쉬며 "수정이 네가 연락이 안 돼서 엄마가 갑자기 이상한 생각이 들어서…"라고 했고 수정이는 "요즘 촬영 중인 거 알잖아요. 엄마 나 촬영 다시 들어가야 해요. 이따 연락할게요" 수정이는 가슴이 콱 막힌 것처럼 답답했다. 다시 언니에게 전화를 걸었다. "엄마랑 통화했는데 엄마가 무슨 말 하는지 모르겠어. 뭐가 어떻게 된 거야?" 언니는 한숨을 쉬었다. 그리고 말했다. "엄마가 그냥 그랬나 봐… 엄마가… 알잖아. 촬영하느라 힘들지? 커피라도 마셔. 근처에 카페 있지?" 통화를 끊으니 언니가 커피 쿠폰을 메신저로 보내놓았다. '수정이 화이팅'이라는 메시지와 함께.

집으로 돌아와 샤워하고 쉬던 중 엄마에게 전화가 왔다. 어차피 받을 전화였지만 몇 초 동안 핸드폰 화면을 빤히 쳐다만 봤다. "여보세요" 엄마는 멋쩍은 목소리로 집이냐고 물었다. 밥은 먹었니, 촬영은 잘 끝났니? 등의 시답잖은 질문들로 빙빙 돌다가 엄마가 말했다. "수정아 네가 아까 촬영 들어가느라 비행기 모드를 했지? 근데 그때 엄마가 너한테 전화를 했는데 네가 연락이 안 돼서 마음이 불안해지는 거야" 수정이는 아무 말도 하지 않고 듣기만 했다. 엄마는 이어서 말했다. "그래서 그런데… 촬영 들어가면 촬영한다고 연락 좀 해주면 안 될까?" 수정이는 다시 한번 눈을 질끈 감았다. 눈물이 고였다. "우선 그러도록 노력은 하겠는데 매번 그러진 못 할 수도 있어요. 그리고… 무엇보다 제발 그런 생각하지 마세요." 엄마는 밝은 목소리로 바뀌어 통화를 끊었고 수정이는 허공을 바라보며 담배를 태웠다.

그날 수정이는 꿈을 꿨다. 꿈에서 수정이가 무언가를 가방에 넣어야 했다. 수정이는 그 무언가를 가방에 넣었고, 엄마에게 가방에 넣었다고 대답했다. 엄마는 그러면 자기 눈으로 확인해도 되겠냐고 다시 한번 물었다. 수정이는 한숨을 쉬고 확인을 해야겠냐고 했다가 체념한 채 원하면 하라고 했다. 엄마가 확인을 안 했으면 좋겠다고 생각했다. 하지만 엄마는 가방을 열어 그 무언가를 직접 눈으로 확인했고, 기뻐했지만 수정이는 엄마의 기쁨에서 엄마의 불안을 보았다. '지겨워.' 잠에서 깬 수정이가 제일 먼저 입 밖으로 내뱉은 말이었다.

얼마 전 엄마의 불안을 진정시키고 당분간의 소란도 일어나지 않았으면 하는 바람으로 오랜만에 얼굴을 비추러 촬영 후 늦은 새벽에 집으로 갔다. 차에서 내려 담배 한 대를 태우고 집 근처 개천을 걷다가 들어갔다. 수면 유도제를 먹은 탓인지 옷도 갈아입지 못하고 쓰러지듯이 잠자리에 들었다. 눈을 뜨니 점심이었다. 엄마가 밥을 먹으라고 깨웠다. 밥을 먹는 중에 엄마가 수정이에게 물었다. "수정아 너 혹시 담배 피우니?" 수정이는 아차 싶었지만 이제 어린애도 아닌데 솔직하게 말해도 괜찮지 않을까 생각했다. 하지만 엄마를 쳐다보니 그렇지 않았다. 엄마는 아니라는 대답을 바라고 있었다. 그렇게 대답했다. 엄마가 믿고 싶은 대로. "아니요. 안 펴요" 엄마는 말했다. "그럼 그렇지 우리 이쁘고 착한 수정이가 그럴 리 없지" 수정이는 고개를 숙이고 밥을 욱여넣었다.

수정이는 엄마랑 티브이를 봤다. 엄마가 물었다. "요새 일하는 건 할 만해? 재밌어?" 수정이는 당황했다. 왜냐면 수정이는 요새 지쳐있었기 때문이다. 꽤 예전부터 먹고 있는 수면 유도제와 최근에 느끼는 우울감까지. 엄마가 눈치챈 걸까? 하지만 수정이는 침착하게 말했다. "아… 아직 기사는 안 났을 텐데 얼마 전 영화제에서 상 받았어요" 수정이는 동문서답을 했다. 눈치챘을까. 다행히 엄마는 자신이 물은 질문은 잊어버리고 마냥 기뻐했다. 수정이는 속으로 생각했다. '상 받았다는 게 재밌냐는 질문에 대한 대답이 아닌데… 어쨌든 다행이다. 아시는 건 아니네' 엄마는 또 물었다. 요즘 촬영 없는 날에는 무얼 하냐고. 동료 배우랑 스태프들을 만난다고 했다. 엄마는 아무렇지도 않게 또 활짝 웃으며 말했다. "그래 우리 수정이는 인간관계가 좋아서 늘 약속이 많아. 사람이 그래야 해. 저기 그 누구냐 시골에 준희 걔 봐라. 친구도 없고 맨- 집에만 있고 그러면 사람이 우울증 걸려. 수정이처럼 밖에 나가야지" 수정이는 뛰는 가슴을 진정시켜야 했다. 사실 쉬는 날에도 늘 약속이 있었던 건 수정이가 노력해서 만든 인생이었다. 혼자 있으면 너무 슬프고 외로워서 어떤 관계라도 함께 시간을 보내야 안정감을 느낄 수 있기 때문이다. 게다가 엄마가 우울증이라는 단어를 알고 있다니. 수정이는 자신을 들킬까 봐 무서웠다. 수정이는 "그치"라고 어색하게 대답한 후 방으로 들어갔다.

다음 날 수정이는 다시 혼자 사는 집으로 돌아왔다. 수정이는 오랜만에 친한 동료들과 술자리를 가졌다. 처음 보는 사람들도 있었다. 인생 사는 이야기, 작품 이야기, 사랑 이야기 등을 하며 서로 위로하고 위로받았다. 수정이는 편한 표정으로 편하게 담배를 피우며 이야기했고, 조금 울기도 했다가 크게 웃기도 했다. 문득 수정이는 '지금은 정말로 나 같아'라고 생각했다. 수정이에게 바라는 대답이 없는 사람들이었다. 그래서 수정이는 그 자리에서 솔직하게 말하고 행동하며 술을 많이 마셨다. 이제 좀 취기가 올랐을까. 담배를 피우러 나갔다. 수정이를 처음 보는 사람이 수정이에게 말했다. "수정 씨는 정말 솔직한 사람 같아" 수정이는 잠깐 상념에 빠졌다. 그리고 대답했다. "근데 전 사랑하는 사람들 앞에선 솔직하지 못해요" 수정이 눈에서 갑자기 눈물이 흘렀다. 놀란 동료들은 수정이를 껴안아 줬다. 수정이는 가까스로 진정하고 눈물을 닦았다. "미안 나 너무 취했나 봐요" 그래도 수정이는 감정대로 행동해본 게 오랜만이라 속이 시원했다. 그랬다. 수정이는 집이 아닌 곳에서, 가족이 아닌 사람들 앞에서 비로소 솔직할 수 있었다.

무사히 집에 돌아왔고 쉬는 날이었다. 엄마는 문자를 보냈다. "수정이 촬영 중이니?" 수정이는 침대에 누워서 답장했다. "네 촬영 중이에요 끝나고 연락할게요" 미안하다는 생각과 동시에 뭐가 뭔지 모르겠다는 생각이 들었다. 수정이는 '언젠간 엄마도 나도 나아질 거야. 엄마의 불안도, 나의 이기심도 괜찮아질 거야'라고 주문을 외웠다. 하지만 수정이는 또 의문이 생겼다. 남은 평생 엄마한테 거짓말을 더 많이 하면서 살면 어떡하지. 그럼 난 어떤 사람이 되는 거지. 수정이는 핸드폰을 비행기 모드로 바꿨고, 집 근처 고등학교의 종소리가 울렸다. 수정이는 창문을 닫았다. 종소리는 희미해졌다. 이윽고 종소리는 사라졌다. 수정이는 다시 눈을 감았다.

희수의 마음

신도림역에서 희수를 봤다. 희수는 울고 있었다. 신도림역에는 원래 잘 가지 않는다. 오늘만 우연히 온 건데, 앞으론 다시 올 일이 없을 텐데, 여기서 희수를 보다니. 희수는 소리 내지 않고 울고 있었다. 희수도 날 보았을까? 난 몇 초간 멍하니 희수를 바라봤지만 다가갈 순 없었다. 왜 우는지 물어볼 수 없었다. 그저 '슬픈 일이 있나 보다. 그러니까 저렇게 울겠지. 그것도 지하철역 안에서'라고 생각하고 시선을 거뒀다. 지하철을 갈아타고도 계속 희수를 생각했다. '이러다 희수가 지하철에 뛰어들면 어떡하지. 아니야 요샌 스크린 도어가 생겼으니까 죽으려 해도 죽을 수 없지. 하지만 희수는 왜 울고 있었을까. 애인이랑 헤어졌나?' 재빨리 희수의 SNS를 들어갔다. 아니다. 애인과의 사진은 여전했다. 아직 못 지운 건가? 무엇일까. 도대체 무엇일까?

집에 도착해 샤워를 하면서도 희수를 생각했다. 이제는 희수의 학창 시절 모습을 떠올렸다. 희수는 적당한 존재감에 두루두루 좋은 관계를 맺는 학생이었다. 공부도 딱 그만큼. 근데 희수가 책을 좋아했던 게 기억났다. 희수가 읽던 책을 내가 빌렸었는데. 교복도 별로 안 줄였던 것 같다. 친구들 문제인가? 다시 희수의 SNS를 들어갔다. 최근에 고등학교 친구들과 여행을 다녀온 사진이 있었다.

이것도 아니구나. 그럼 뭘까. 희수는 왜 신도림역에서 울고 있었을까.

아! 신도림역이 직장인가? 그래 회사생활이 힘들었을 수도 있겠다. 그래, 그럴 수도 있겠네. 나름대로 정답 비슷한 걸 찾았다고 생각하며 희수의 SNS를 계속 보았다. 왜 울었을까. 나는 희수를 계속 생각하며 인기 검색어도 보다가 밀린 드라마를 재생하기도 하고 다른 친구와 문자를 했다. '야 혹시 너 희수 기억하냐? 윤희수. 희수 취직했냐?' 친구는 바로 답장을 했다. '희수? 회사 안 다닐 텐데? 걔네 최근에 여행 다녀온 사진에 민주가 'All 백수'라고 써놨었어. 내가 부러워서 기억해. 근데 갑자기 왜?' 말할까 말까 고민하다 이야기했다. 우연히 신도림역에서 희수를 봤는데 울고 있었고, 나는 인사를 하지 않고 모르는 척하고 지나갔다고. '그럼 희수 아직 동네 사냐?' '모르겠어 애들한테 물어볼까?' '아니'라고 하고 희수에 대한 이야기는 이만 줄였다. 하지만 계속 머리 한구석에는 희수가 울던 장면이 리플레이되고 있었다.

천장을 바라봤다. '도대체 왜 그렇게 슬프게 울던 거야.' 그러다 잠이 들었다. 아침에 일어나 밥을 먹고 출근을 했다. 신도림역. 그게 몇 시쯤이었지? 내가 여의도에서 저녁을 먹고 8시 반쯤 헤어졌으니까 한 9시 좀 안 됐겠다. 9시 신도림역. 소리도 내지 않고 울고 있던 희수. 혹시 희수가 아니었나? 아닌데. 분명히 희수였어. 뭐지 회사도 안 다니고, 애인도 잘 만나고 있고, 친구들이랑 무슨 일이 있는 것도 아닌 것 같고. 그럼 진짜 뭐지? 난 이렇게 한 일주일 동안 이따금 희수 생각을 했다.

어영부영 시간이 흐르며 희수 생각은 아주 드물게 났다. 희수가 왜 울었을까에 대한 의문은 희수가 울던 날처럼 '울 일이 있었겠지'하는 시니컬한 생각으로 매듭지어지고 있었다. '그래, 내가 이렇게까지 생각하는 것도 오버하는 거야.' 그러던 중 갑자기 전화가 울렸다. 다음 달에 결혼하는 친구였다. 시간이 너무 빠듯해서 청첩장을 직접 주지 못할 것 같다며, 미안하지만 우편으로 보내겠다는 연락이었다. '괜찮아. 주소 문자로 보낼게. 근데 결혼식엔 애들 많이 오냐?', '응 우리 반이었던 애들은 거의 다 와' 어? 그러면 희수. 희수 얘네 반이었는데. 좀 친했을 텐데. 난 또 상상을 시작했다. 희수를 결혼식에서 마주치는 상상부터 시작해서 피로연에서 사실 신도림역에서 봤다고 왜 울었냐고 묻는 것까지. 희수가 확실하게 초대받은 인물인지 묻고 싶었지만 묻지는 않았다. 축하한다고 말하고 통화를 끊었다.

결혼식 날이 되었다. 여러 친구와 인사를 했고 난 내가 그럴 줄 알긴 했지만, 희수를 찾았다. 희수 친구는 없나. 결혼식이 임박해도 희수는 보이지 않았다. 모르겠다. 결혼식에나 집중해야지. 신부가 된 친구가 입장했다. 친구에게 비친 조명 뒤로 아까는 없었던 누군가 서 있었다. 미니스커트를 입은 여자. 희수다. 나도 모르게 옆에 친구한테 '저 뒤에 미니스커트 희수 아니냐?'고 물었다. 그런 것 같다고 친구가 대답했고, 나는 신부가 된 친구 한번, 희수 한번. 다시 신부가 된 친구 한번, 희수 한번. 행여나 희수가 사라질까 눈으로 잡아두고 있었다.

식이 마무리되며 예식장은 밝은 조명으로 바뀌었고, 나는 희수에게 부담이 되지 않게 다가갈 궁리를 하고 있었다. 밥은 먹고 갈 테니 밥 먹고 나서 인사해야겠다. 식당의 형식은 뷔페였다. 빈 접시를 들고 음식이 아닌 희수를 향했다. '희수야'라고 불렀고 희수는 웃으며 '안녕 오랜만이야'라고 말했다. 오랜만. 오랜만이 아니라고 정정해야 하나? 나 너 얼마 전에 봤다고 해야 하나? 생각하던 찰나에 타이밍을 놓쳐 그러진 못하고 잘 지냈냐고 물었다. 희수는 잘 지낸다고 대답했다. '너는 잘 지냈어?', '응 난 그럭저럭 잘 지냈어.' 희수는 다시 한번 미소를 띠며 '다행이네 맛있게 먹어'라고 말하곤 음식 쪽으로 고개를 돌렸다. '희수야. 오늘 뭐 해? 이따 애들이랑 다 같이 술 마시려고 하는데 너 시간 괜찮으면…' 말이 채 끝나기도 전에 희수는 대답했다. '미안. 일이 있어서 안 될 것 같아' 난 아쉽지만 그렇지 않은 척하며 괜찮다고 했다.

희수는 음식을 담고 '맛있게 먹어'라고 말한 뒤 자리로 돌아갔다. 영 기분이 찜찜해서 식사에 집중이 되지 않았다. 모르겠다. 그냥 술이나 마셔야지. 애들이랑은 밥을 먹고 수다를 떨다 술집에 들어갔다. 아까 한 이야기 또 하고, 또 하고. 학창 시절 이야기 또 하고, 또 하고. 그래도 재밌었다. 마시고 떠들다 보니 또 희수 생각이 잠잠해졌다. 아 근데 뭔가 표정이 어딘가 안 좋았는데. 웃는 게 자연스럽긴 했지만 뭔가 이상했어. 내가 과대 해석하는 건가. 그렇지만 술자리에서 희수 이야기는 꺼내지 않았다. 우리 이야기에 있는 인물도 아니었고 오히려 말하게 되면 내 말이 돌고 돌아 희수에게 상처를 줄 수도 있을 것 같아서 말을 꺼내지 않았다.

난 다시 집으로 돌아왔고 희수가 어떻게 살고 있는지 더럽게 듣고 싶었지만 잊기로 했다. 그렇지만 이따금 희수의 SNS에 들어갔다. 그러다 용기랄 건 없었지만 침을 꼴깍 삼키고 팔로우를 요청했다. 희수도 핸드폰을 하고 있었는지 금세 나에게도 팔로우를 해줬다. 희수의 SNS를 다시 자세히 보았다. 난 숨은그림찾기 하듯이 그 행복해 보이는 모든 사진에서 희수의 슬픔을 찾아내려 했다. 하지만 내 눈엔 보이지 않았다. 나는 찾을 수 없었다. 좋았을 때 사진만 올렸던 거겠지. 그러니까 SNS에서는 웃는 얼굴이고 신도림역에선 우는 얼굴이었던 거겠지.

계속 나는 희수가 왜 울었는지 알아내려 했다. 이쯤 되니 희수에 대한 걱정이 아니라 그냥 나의 궁금증이 아닐까 싶은 마음에 나 자신이 역겨워졌다. '내가 왜 이럴까. 생각을 접자. 내 궁금증에 불과한 거면 이건 정말 희수를 기만하는 거야.' 그때 희수가 SNS에 사진을 업로드했다. 얼마 전 그 결혼식 날 희수 사진이었다. 하얗고 깔끔한 카페에서 커피잔을 든 희수의 사진. 나도 모르게 또 숨은 슬픔을 찾아내려 하다가 아차 싶어 얼른 SNS를 껐다.

이렇다 할 소식 없이 계속해서 시간은 흐르고 별다른 거 없이 계절이 또 바뀌고 있었다. 강남에서 동료들과의 술자리를 가져 마지막 지하철을 타고 집에 가고 있었다. 핸드폰으로 음악을 들으면서 가고 있었는데 갑자기 모든 사람이 내릴 준비를 했다. 음악 소리를 줄이니 신도림역까지만 운행하는 열차라 반대 승강장으로 가라는 안내방

송이 나오고 있었다. 나도 사람들을 따라 헐레벌떡 내렸다. 신도림역. 희수가 울고 있던 곳. 나도 모르게 좌우를 살폈다. 혹시나 희수가 있지 않을까. 희수의 슬픔이 숨어 있지 않을까. 하지만 거기엔 아무것도 없었다. 있다 하더라도 나는 찾을 수 없었다. 내 눈엔 보이지 않았다.

계단을 올라 승강장으로 향하면서 희수의 SNS를 켰다. 게시물은 그때 그대로. 지하철에서 빠져나와 버스를 타고 창밖을 바라봤다. '희수 SNS를 본다고 내가 뭘 알아. 신도림역을 뜯어봐도 내가 뭘 알 수 있겠어.' 갑갑한 내 모습을 생각하며 한숨을 쉬었다. 그러다 내 SNS를 들어갔다. 생일 케이크 사진이 있었다. 생일 케이크 사진에 행복하고 감사하다는 말을 써서 올렸었는데 사실 저 날 내 기대보다 생일이 초라해서 자기 전에 울었었다. 그래 나도 이 사진들이 전부가 아니지. 정말 쓸쓸하고 알 수가 없네.

가족 모임이 있어 동네에 갔다. 지하철에서 내려 걸어가는데 편안한 차림을 한 희수가 반대편에서 걸어오고 있었다. 동시에 눈이 마주쳤다. "어 희수야!" 나와는 달리 희수는 차분하게 인사했다. 나는 상기된 마음을 가라앉히고 약간 어색하게 말을 붙였다. "잘 지내?" 희수는 잘 지낸다고 대답했다. 그런데 내가 병신처럼 한 번 더 물어보고 말았다. "진짜지?" 희수는 약간 갸우뚱했지만, 다시 한번 "응 그럼 잘 지내지"라고 대답했다. 나랑 희수는 반대로 걸었고, 걷다가 뒤돌아서 희수의 뒷모습을 몇 초간 바라봤다. 희수는 조용히 걸어갔고, 이내 시야에서 사라졌다. 그게 내가 본 희수의 마지막이었다.

그때 희수는 어디로 갔을까. 희수는 웃고 있을까? 아니면 또 어디선가 울고 있을까. 아니면 괜찮은 척하고 있을까? 희수는 무얼 하고 누구에게 기대어서 살고 있을까. 희수의 SNS엔 이따금 게시물이 업로드 된다. 희수의 웃음과 희수의 사랑, 희수의 여행이 담긴 사진들. 하지만 난 희수에 대한 어떤 질문들에도 대답을 하지 못하겠다. 100장이 넘는 사진들을 보고 희수의 목소리로 잘 지낸다는 말을 들었어도 난 희수가 어디에서 어떤 마음으로 살고 있는지 도통 알 수가 없다. 어디에서, 어떤 마음으로, 나는 절대 알 수가 없다.

기태의 가방

기태는 좋은 사람이 되고 싶어 했다. 동시에 멋진 사람이 되고 싶기도 했고, 부자가 되고 싶기도 했다. 기태는 모든 걸 잘하고 싶었다. 공부도 잘하고 싶고, 축구도 잘하고 싶고, 옷도 잘 입고 싶고, 연애도 잘하고 싶었다. 남들과 다르고 싶었던 건 아니지만 남들과 같은 건 더욱 바라지 않았다. 그래서 남들 다 웃으며 회상하는 학창 시절이 기태에게는 웃음을 가져다줄 수 없었다. 인기 있는 애들이 따로 있었고, 공부로 주목받는 애들도 따로 있었고, 운동으로 주목받는 애들도 따로 있었으니까. 기태는 모든 부분에서 적당했지만, 그 적당한 자신의 위치가 성에 차지 않았다.

기태는 주목받고 싶었다. 사랑받고 싶고, 최고가 되고 싶었다. 그래서 기태는 자신에게 가장 소질이 있는 야구를 열심히 하기로 했다. 기태는 야구부에 들어갔다. 학교의 야구부에선 이따금 선배들에게 잘한다는 소리도 들었고, 때때로 있는 학교 대항전에선 기태의 활약으로 승리를 거머쥐기도 했다. 기태는 그때마다 희열을 느꼈지만, 본인의 실력이 미래까지 책임질 정도가 아니라는 건 잘 알고 있었다. 그래서 어영부영 야구를 접고 점수에 맞춰 적당한 대학에 들어갔다. 기태는 자신이 수많은 학생 중 한 명이라는 사실과 이들 모두가 기태와 비슷한 실력으로 공부했던 애들이라는 사실이 영 시원찮았다. 자신이 무엇 하나 빼어난 것 없다는 것을 알게 되면서도 그 사실에서 도망치고 싶었다. 바로 그때, '지현'이라는 이름을 가진 여자가 기태에게 다가왔고, 기태는 연애를 시작했다.

지현은 기태를 좋아했고, 기태는 자신이 처음으로 1등인 이 관계가 마음에 들었다. 하소연할 만한 불행을 가진 가정은 아니었지만 무한한 사랑과 안정을 주는 곳도 아니었던 가정에서 벗어나 기태는 지현에게 많은 행복을 느꼈다. 하지만 언제나 기태의 마음속에 자리하던 결핍된 감정들은, 관계를 순탄히 이어나가는 걸 불가능하게 했다. 기태는 이별했다.

기태는 대학을 졸업한 후 이곳저곳에서 아르바이트로 전전하며 지냈다. 고깃집 서빙, 택배 상하차, PC방 야간 아르바이트까지. 무엇을 해야 할지 알 수 없었고, 무엇이 하고 싶은지도 알 수 없었다. 그래서 과 동기들이 많이 지원하는 업계에 취업을 준비했고, 기태는 적당한 회사의 인턴이 되었다. 내키진 않았지만 가릴 처지가 아니었다. 방황하며 시간이 흘러버려 집에 손을 벌리며 생활하기가 부끄러운 나이가 되어버렸기 때문이다. 인턴이 된 소식을 집에 전하자마자 기태가 들은 질문은 정규직이 아니었냐는 말, 월급은 얼마나 차이가 나냐는 말이었고 부모님께서 마지막에 해주신 말씀은 '무조건 버텨라'였다.

무조건 버틴 덕에 기태는 정규직이 됐다. 기태는 그 소식을 친한 친구인 재호에게 알렸다. 어릴 적부터 알고 지냈으며 누구보다 기태를 잘 아는 재호. 재호는 소식을 듣고 좋은 날이니 술을 마시자고 했고, 둘은 포장마차에서 만났다. 재호는 기태에게 축하한다고 했다. 기태는 고맙다고 대답했는데 표정은 영 기쁜 표정이 아니었다. 재호는 기태의 기분을 눈치 채고
아무 말 없이 기태를 바라보았다. 한참을 김치만 쳐다보던 기태가 말했다. "인생이 왜 이렇게 초라하냐"

기태는 결심했다. 이 지긋지긋한 삶에서 그래도 사랑할 걸 찾기로. 그렇다면 무엇을 사랑할까. 우선 기태는 가까이에 있는 것들을 사랑하려 했다. 가족을 사랑하려 했고, 영화와 책을 사랑하려 했으며 애인을 사랑하려 했고, 직업을 사랑하려 했다. '소소한 행복을 찾아보라'라는 인터넷과 책에서 나오는 뻔한 문장도 속는 셈 치고 믿어보기로 했다. 그래서 길가에 핀 민들레꽃을 사랑하려 했고, 맛있는 음식을 사랑하려 했고, 따사로운 햇살과 선선한

바람 모두 사랑하려 했다. 하지만 기태의 마음마저도 기태의 마음대로 되지 않았다. 사랑으로 희석해보려 할수록 더 쓸쓸해졌고, 열심히 살면 살수록 눈물이 많이 났다. 좋은 사람이 되고 싶고 최고가 되고 싶었던 시절이 있었는데, 이젠 아침 해가 뜨면 불안하고 거울을 보면 한심해졌다.

정규직으로 근무한 지 2년이 되어가고 있었다. 기태는 연차를 써서 스무 살 이후로 처음 휴가를 가지게 됐다. 정말 오랜만에 가지는 휴가에다 연달아 쉬는 만큼 해외를 다녀오라고 동료들이 이야기했지만, 기태는 "나중에요."라고 대답했다. 기태는 알람을 끄고 모든 연락을 무시한 채로 잠을 청했다. 며칠을 그렇게 보내다 문득 바다를 봐야겠다고 생각했다. 기태는 가장 이른 시간의 강릉행 버스를 예매하고는 서둘러 가방을 챙겨 나갔다. 창가 자리에 앉아 창밖을 바라봤다. 많은 나무와 많은 자동차. 버스가 출발했다. 계속 창밖을 바라보던 기태는 어느덧 눈을 감고 잠이 들었다.

강릉에 도착했다. 날씨는 따뜻하고 바람은 시원했다. 기태는 자기가 가지고 있는 욕심들이 자신을 괴롭게 한다는 걸 알고 있었지만, 그 모든 욕심을 포기하는 일은 더

욱 불가능한 일이라는 것도 알았다. '다 잘하고 싶었는데' 기태는 혼잣말로 말했다. 바다는 왠지 다 괜찮다고 해주는 것 같았다. 그래서 조금 울었다가 눈물을 금세 닦고 일어났다. 가방을 들쳐 메고 가다가 문득 이상한 느낌이 들었다. 뒤를 보니 기태의 가방은 열린 상태였고, 가방 안에 있던 물건들이 모래밭에 떨어져 있었다. 순간 그 상황이 기태의 인생을 닮았다고 생각했다. 열린 채로 들쳐 메진 텅 빈 가방, 나의 불찰로 나에게서 영영 사라졌을 수도 있는 내가 소중히 여긴 것들. 기태는 그 자리에서 주저앉아 고개를 푹 숙이고 울었다.

기태는 그날 밤, 자기 전에 한 번 더 바다를 보러 나갔다. 아름다웠다. 그리곤 바다를 보며 자신과 감정을 나눴던 얼굴들을 떠올렸다. 하지만 기태는 그 모든 것들이 일시적인 감정이었고 지나간 관계에 불과하다는 것을 잘 알고 있었다. 기태의 초라한 인생. 살아보겠다고 모든 걸 사랑해보려 하고 사랑할 걸 찾으려 했던 자신의 모습도 우스웠다. 어차피 나도 인생도 아무것도 아닌데. 기태는 모래를 손에 쥐었다 빠져나가게 하기를 반복하다가 숙소로 돌아가 잠들었다.

휴가가 끝나고 다시 회사에 출근했다. 동료들은 휴가를

잘 보냈냐고 물어봤고 기태는 미소를 지으며 잘 보냈다고 대답했다. 어디 놀러 갔었냐고 묻기에 바다가 보고 싶어서 강릉에 다녀온 걸 이야기했고 좋았겠다는 말이 돌아왔다. 사실은 바다가 보고 싶었다기보다 안 보면 죽을 것 같아서 갔던 거지만, 진짜 궁금해서 물어본 건 아닐 테니 그 정도 대답이면 적당했다. 기태는 강릉에서 찍은 바다 사진을 보며 생각했다. '그래도 보고 싶은 게 하나 생겼어.' 마음속에 쓸쓸함이 피어났지만, 모르는 척했다. 그래야 기태는 자신이 살 수 있다는 걸 이제야 깨달았으니까. 기태는 계속 바다 사진을 쳐다보았다. 누가 봐도 평범하고 처연해 보이는 그 행동은, 기태에겐 가장 힘이 나는 일이었다. 기태는 다시 한번 더 오래, 눈에 힘을 주어 바다를 바라봤고 사진만큼은 변하지 않았다. 다행인지 불행인지, 그 사진을 보고 있을 땐 아무 일도 일어나지 않았다.

가영이 언니의 결혼식에
가영이가 준비해야 하는 것

가영이는 미술을 전공했다. 미술을 하리라고 다짐한 건 중학생 때의 일이었다. 가영이는 동네에 짝사랑하던 오빠가 있었는데, 어느 겨울날에 '춥지?'라며 가영이의 손을 잡았다. 가영이는 오빠와 맞잡고 있는 자신의 손을 바라보았다. 두 사람의 손 위로 겨울빛이 내리쬐었다. 그 장면은 가영이 머릿속의 바탕화면이 되었다. 가영이는 그 장면이 자신한테 머물러 있었으면 좋겠다는 마음으로 종이와 연필을 꺼내 그때 그 장면을 최대한 열심히 그려 보았다. 그게 가영이가 그린 첫 그림이었다.

그림은 꽤 마음에 들었지만, 누가 본다면 부끄러울 것 같았다. '좋아하는 사람이 있나 보지?'라며 킬킬거릴까 봐 그림을 서랍에 숨겨두었다. 그림은 청소하던 엄마에게 너무나 쉽게 발견되었다. 엄마는 그림을 보며 "어머 우리 가영이가 미술에 재능이 있구나"라고 했다. 자신의 마음을 들킬까 봐 걱정했던 것과는 달리 엄마는 "가영이가 그림을 이렇게 잘 그리는지 몰랐네"라는 말을 하며 그림을 오래 볼 뿐이었다.

엄마는 이따금 이모들에게도 전화를 걸어 자랑했다. "가영이가 그림을 그렸는데 너무 잘 그린 거 있지. 그 왜 큰오빠네 승현이도 그림 그리잖아. 우리 집안에 그런 예술가 끼가 있는 애들이 하나씩 있나 봐" 가영이는 쑥스럽기도 하면서 어쩌면 내가 미술에 소질이 있는 게 아닐까 하는 생각이 들었다. 그래서 어느 날 가영이는 엄마에게 미술을 배우고 싶다고 말했다. 엄마는 한심하단 표정과 어르는 말투로 "미술은 취미로 가영아"라고 말했다.

'역시 미술은 취미인가. 하긴 미술로 어떻게 돈을 벌겠어. 그럼 나는 돈 벌려면 뭘 해야 하지. 공부도 잘하는 편이 아닌데' 가영이는 고민했다. 하지만 마땅한 방법은 생각나지 않았고, 애매하게 전문대에서 미술학을 전공하게 되었다. 어떤 수업은 재미있었고, 어떤 수업은 지루했다. 그렇게 시간을 버티면서 가영이는 졸업을 했다. 졸업하고 갑자기 붕 떠버린 삶을 어떻게 다뤄야 할지 알지 못했다. 누구는 대학원 준비, 누구는 취직, 누구는 유학. 가영이는 자신이 배운 교육과정이 너무 부족한 것 같아 더 배우고 싶다고 생각했다. 될 리 없겠지만 유학 이야기를 꺼내 보았다. 그동안 아르바이트하며 모은 돈도 있으니 생각 없어 보이진 않을 것 같았다. 하지만 엄마는 단칼에 "유학? 말이 되는 소리를 해"라고 했다. 순간 '미술은 취미로 가영아'라고 했던 학창 시절 때가 겹쳐서 보였다.

친척 오빠의 결혼식이었다. 가영이네 가족도 모두 깔끔

하게 입고선 친척들과 인사를 나누며 서로의 안부를 주고받았다. "그래 가영이는 요즘 뭐해?"라는 질문에 '이제 막 졸업했어요'라고 대답을 하려던 찰나에 엄마가 선수를 쳤다. "얘 이제 유학 가려고. 더 배우고 싶다나 뭐라나 호호"라고. 가영이는 깜짝 놀라 엄마를 쳐다봤지만, 엄마는 말을 주워 담지 않았다. 가영이는 마음속으로 탄식을 하곤 어색하게 미소를 지었다.

그날 이후로 가영이는 왠지 모르게 집에서 눈치가 보였다. 아르바이트라도 해야 하나 싶던 차에 우연히 청담동의 작은 갤러리에서 인턴을 뽑는다는 공고를 보았다. 가영이는 간단한 면접 후에 합격했다. 토요일도 격주로 출근해야 하며 인턴 때는 80만 원밖에 못 준다고 하는데 그게 무슨 대수랴. 당장 백수로 집에서 받는 시선을 피하고 싶었다. 가영이는 기쁘지 않았지만, 엄마가 기뻐할 것은 알고 있었다. 예상대로, 엄마는 여기저기 전화를 하며 "가영이가 청. 담. 동. 에 있는 갤. 러. 리. 에서 일하게 됐어"라고 강조해서 이야기하곤 했다. 한 번 더, 가영이는 기쁘지 않았다.

갤러리는 회장 한 명, 직원 두 명으로 굴러가고 있었고, 한 명은 회장의 딸이었다. 가영이의 업무는 명확하지 않았다. 미술품을 포장하다가 영수증 정리를 하다가 회장님 구두 수선을 맡기러 가기도 하고, 식사 후엔 커피를 내리기도 하며 어떤 때는 담배 심부름도 해야 했다. 소위 잘 사는 사람들에게 알게 모르게 천대를 받는 느낌도 들었고, 비서인지 경리인지 큐레이터 인턴인지 모를 일을 하며 가영이는 마음이 점점 더 안 좋아졌다. 가영이는 매일 퇴근길 지하철에서 눈물을 흘렸다. 매일 집 앞 공터에서 눈물 자국을 닦고 집에 들어갔다.

그렇게 두 달을 다녔을까. 가영이는 어느 주말에 아빠랑 저녁을 먹고 의자에 무릎을 끌어안고는 울면서 말했다.
"아빠 진짜 미안해요. 나 못 다니겠어요. 너무 힘들어요."
아빠는 놀라서 가영이에게 힘들면 다니지 말라고, 세상에 직장은 많다고 가영이를 달래주었다. 그때 퇴근한 엄마가 집에 돌아왔다. 예상치 못한 풍경에 엄마는 무슨 상황이냐고 아빠에게 물어봤다. 아빠는 설명했고, 엄마는 알 수 없는 표정을 지었다. 가영이를 걱정하는 마음만 가득 찬 건 아닌 듯했다. 엄마는 무언가 다른 걱정도 하는 듯했다.

가영이는 퇴사하기로 했다. 팀장에게 이야기하고 돌아온 날, 엄마에게 오늘 말했다고 했는데 엄마의 표정이 좋지 않았다. "어휴 좀 더 참지"라는 말이 조그맣게 들렸다. 가영이는 엄마를 쳐다봤고 엄마는 이어서 말했다. "다른 일 빨리 구해" 빨리? 왜 빨리 구해야 하지? 설마. 가영이는 짐작이 가는 게 있었지만 모르는 척 엄마에게 물었다. "왜 빨리 구해야 해?" "너 언니 다다음 달에 결혼하는 거 몰라?" 가영이는 심장이 철렁했다. 역시. 맞구나. 가영이의 언니가 다다음 달에 결혼한다. 가영이는 알면서도 이를 꽉 물고 물어봤다. "언니 결혼식이랑 내가 일을 빨리 구하는 게 무슨 상관이야?" 엄마는 그것도 모르냐는 표정을 짓고 말했다. "너는 친척들 다 있는 거기서 논다고 하면 좋니?" 가영이는 말문이 막혔다. 흐르는 눈물을 닦지도 못한 채로 흐느끼며 말했다. "알아보고 있다고 하면 되잖아… 엄마 나 진짜 너무 힘들어서 그만두는 거야" 엄마는 가영이에게서 눈을 떼고 방으로 들어갔다.

가영이는 엄마를 어떻게 이해해야 하나 싶었지만 이해할 수 없었다. 그래서 가영이는 그날 밤 엄마에게 문자를 남겨두었다. "엄마 나는 상처였어. 난 엄마가 어떤 사람이길 바란 적 없어" 잠에서 일어나니 "그래 엄마가 미안"이라는 메시지가 있었다. 개운치 않은 기분에 울적한 표정은 쉽사리 사라지기가 어려웠다.

언니의 결혼식 날이 되었다. 어느 날보다 가장 예쁘게 꾸민 가영이. 친구들도 "야 너 오늘 이쁘다?"라는 말을 해준다. 저 멀리 친척들이 보인다. 친척들에게 다가가기가 무섭다. 인사드려야 하는데. 무직 상태라는 사실을 미소로 가리고 우물쭈물 친척들에게 다가갔다. 다행히 누구도 그런 말은 하지 않았다. 길고도 짧은 결혼식이 끝났다. 가영이는 다시 집으로 돌아가는 차 안에서 몇 번의 눈물을 참았다. 집에 도착했고 진한 화장을 지우고 가진 옷 중에 제일 예쁜 원피스를 옷장에 걸어두며 생각했다. '모든 연극이 끝났어.' 가영이는 나지막이 혼잣말을 되뇌었다. "다 끝났어… 다 끝났어…"

저 사실 안 좋은 일 있었어요

"저 사실 안 좋은 일 있었어요. 제가 오늘 낮에 아는 회장님이랑 점심을 먹었어요. 저희 식당에 자주 오시는데 언젠가는 밥을 사준다고 명함을 주셨어요. 그렇게 약속을 잡아 밥을 먹게 됐는데, 전 정말 밥 먹는 자리인 줄 알았어요. '밥 한 끼 먹이고 싶으신가 보다' 했죠. 아무튼 밥을 먹으러 부랴부랴 여의도로 갔어요. 도착하니까 죄다 화이트칼라에 넥타이 맨 직장인이더라구요. 신기하기도 하고 잠깐 온 거지만 내가 있어도 되는 곳인가 싶은 생각도 들고… 아 하여튼, 밥을 먹고서 회장님 사무실에 갔어요. 그냥 이런저런 이야기 하길래 저는 열심히 들었어요. 월급이 얼마냐고 묻더라구요. 200만 원 좀 안된다고 했어요. 그거로 생활하기는 너무 힘들지 않냐고 물어서 돈 욕심 별로 없어서 괜찮다고 했어요. 그리고… 또 다른 이야기 하다가 저한테 갑자기 웃는 게 참 이쁘대요. 저만 보면 기분이 좋아진대요. 감사하다고 대답했어요. 진짜 안 믿을 수도 있지만… 이때도 몰랐어요. 그리곤 안아보자고 해서 저 그냥 고등학교 담임선생님이랑 안는 마음으로 안았거든요. 가볍게 포옹했는데 갑자기 무릎에 앉아보라고 하는 거예요. 그제서야 눈치챘어요. 당황해서 말 더듬으니까 무릎 툭툭 치면서 앉아보라고 하더라구요. 우선 '아니에요'라고 하고 다른 자리에 앉았어요. 그때 회장님 손님이 와서 이야기 나누는 동안 친구들한테 사무실 주소랑 회장님 명함 찍어서 다 돌렸어요. 나 연락 안 되면 신고 좀 해달라고. 아니면 찾아오기라도 해달라고. 너무 무서웠어요. 기다리는 동안. 혹시나 저 문이 잠기진 않을까, 저 손님이라는 사람이랑 같이 나를 덮치진 않을까… 별생각이 다 들었어요. 그리고 마침내 그 손님이 나갔어요. 나가자마자 일어나서 '저 그만 가 봐야 할 것 같아요'라고 말했어요. 회장님은 끝까지 저한테 '뭐 사줄까?'라고 하더라고요. 괜찮다고 하고 건물을 빠져나왔어요. 건물 빠져나오니까 힘이 풀렸어요. 대낮이었는데 눈물 나고 머리 지끈거려서 지하철 못 타겠더라고요. 돈도 많지도 않은데 그냥 택시 탔어요. 이젠 괜찮아요. 아까 다 울었거든요. 근데 저 정말 밥 먹는 자리인 줄 알고 간 거거든요. 맨날 와이프분이랑 왔단 말이에요. 그래도 어디 가서 말도 못 해요. 그런 거 어느 정도 알 나이면서 그 자리 왜 나갔냐고 할까 봐. 근데 저 정말 밥 먹는 자리인 줄 알았거든요. 정말로요."

"그래도 저 좋은 일도 있었어요. 그러고 택시를 탔는데 기사님이 너무 친절하신 거예요. 사실 택시 잡으면 또 기사님이 어떤 분이냐에 따라서 기분도 많이 달라지잖아요. 근데 정말 조용한 분이었어요. 그냥 별말 없이 가다가 '생각보다 머네요. 허허'하고 웃는 게 전부였어요. 창

문 밖 바라보다가 눈물 나서 울었는데 그걸 보았는지 어쨌는지 아무튼. 정말 아무 말 안 하고 운전하는데 너무 좋았어요. 덕분에 마음이 차분해지더라구요. '이 기사님은 그 회장님 같은 행동 안 하겠지?' 생각도 들더라구요. 대낮에 목적지 멀리 부르니까 어쩌면 물어 볼만도 한데 안 물어보더라구요. 택시 타면 가끔 그런 것도 설명해야 될 때가 많아서 싫었거든요. 근데 기사님은 그저 조용히 차분하게 목적지까지 데려다주어서 감사했어요. 그런 일 있고 나서 탄 택시가 또 별로였어 봐요. 아마 머리 터졌을 거예요. 정말 다행이었어요. 세상 정말 못 믿겠다 싶은 마음이었는데 택시 타고 잠깐 잊었어요. 집 가서 샤워하고 아픈 머리 붙잡고 쓰러지듯이 잠들었지만, 그래도 좋은 기사님을 만나서 돌아온 일만큼은 그나마 좋은 일이라고 생각해요. 근데 택시 제가 돈 내고 타는 건데 이런 생각 참… 그쵸? 모르겠어요. 저도."

여자애들이 말하는 안 좋은 일은 생각보다 심각한 일일 때가 많고, 좋은 일이라고 하는 일들은 지극히 보통에 불과한 일이 많다.

바꿀 수 없는 건 너무 많고

펴낸날 초판1쇄 인쇄 2020년 02월 22일
초판1쇄 발행 2020년 03월 01일
지은이 이상은
펴낸이 최병윤
펴낸곳 알비
출판등록 2013년 7월 24일 제315-2013-000042호
주소 서울시 서대문구 증가로30길 29-2, 1층
전화 02-334-4045
팩스 02-334-4046
종이 일문지업
인쇄 수이북스

ISBN 979-11-86173-75-6 03810
가격 14,000원

「이 도서의 국립중앙도서관 출판예정도서목록(CIP)은 서지정보유통지원시스템 홈페이지(http://seoji.nl.go.kr)와 국가자료공동목록시스템(http://www.nl.go.kr/kolisnet)에서 이용하실 수 있습니다.(CIP제어번호 : CIP2020007147)」

· 잘못 만들어진 책은 구입하신 서점에서 바꾸어 드립니다.
· 알비는 리얼북스의 문학, 에세이, 대중예술 브랜드입니다.
· 독자 여러분의 소중한 원고를 기다립니다(rbbooks@naver.com).